魔弾の王と聖泉の双紋剣《カルンウェナン》 3

Lord Marksman and Carnwenhan

瀬尾つかさ

原案／川口士　イラスト／八坂ミナト

…Seo / Based on story = Tsukasa Kawaguchi
…st. = Minato Yasaka

朽ちた神殿に足を踏み…
太い石柱に支えられた…天井
遠い昔にあった、記録にも残っていない人々の
英知の痕跡を垣間見るようで、自然、畏怖の念を抱いてしまう。

リムが、サーシャの背中から襲ってきた
影法師に青い剣で切りつけた。
リムの一撃が影法師の胴をかすっただけで、
その個体は糸が切れた操り人形のように頽れ、
どろどろの黒い塊に変わり果てる。

目を覚ましたとき、
目の前に広がっていたのは白い肌、
ふくよかな胸の谷間だった。
ティグルは一糸まとわぬ姿で
リムの張りのある乳房に
手をあてがっていた。

ダッシュエックス文庫

魔弾の王と聖泉の双紋剣《カルンウェナン》3

瀬尾つかさ

ルヴーシュ
オステローデ
レグニーツァ
●王都シレジア
ブレスト
ライトメリッツ
ジスタート
アルサス
オルミュッツ
ポリーシャ
城砦
ムオジネル
エレシュキルト
王都パルティア●
黄金の海

アスヴァール島
王都コルチェスター
ルテティア
王都アスカニア
ブリューヌ
アスヴァール
ナヴァール城砦
王都ニース
ネメタクム
ザクスタン

Character

Lord Marksman and Carnwenhan

ティグルヴルムド＝ヴォルン

ブリューヌ王国のアルサスを治めるヴォルン家の嫡男。16歳。家宝の黒弓を手に、リムと共に蘇った円卓の騎士と戦う。

リムアリーシャ

ジスタートのライトメリッツ公国の公主代理。19歳。ティグルと共にアスヴァール島に漂流し、湖の精霊から不思議な力を持つ双剣を授かる。

ギネヴィア＝コルチカム＝オフィーリア＝ベディヴィア＝アスヴァール

アスヴァール王国の王女。19歳。アスヴァール王族唯一の生き残りとして、蘇った始祖アルトリウスと円卓の騎士に戦いを挑む。

リネット＝ブリダイン

アスヴァール島の北を支配するブリダイン公爵の娘。16歳。ギネヴィアの親友として、彼女を守るためにギネヴィア派をまとめる知恵者。

プロローグ

夏の真っただ中、蒸し暑い日の午後である。

ペナイン山脈の南に広がる深い森の中、ギネヴィア軍の先遣隊に所属する兵士十七名は、背の高い茂みを割って、苔むした根っこを踏み越え、汗まみれ泥まみれで、時折後ろを振り返りながら懸命に駆けていた。

「ちくしょう、ちくしょう、ちくしょう。どうしてこんなことに！」

「馬鹿、声を出すな。身を低くしろ」

背後から、藪《やぶ》をかきわける音が近づいてくる。兵士たちは一瞬だけ顔を見合わせたあと、くたびれきった身体を無理矢理動かして逃走を再開した。

「偽アルトリウス派は、もう虫の息じゃなかったのかよ」

ひとりが、泣き言を漏らす。

数日前のこと。アスヴァール島のど真ん中に位置する偽アルトリウス派の町を落とした三千の軍勢は、戦場の興奮に任せて町を襲った。

指揮を執っていた侯爵からは三日間の略奪許可が出ていた。ふた晩かけて、兵士たちは存分に欲望を満たす。敵の軍勢はまだ数日の距離にいるはずだった。明日になれば町の外で陣を敷き、増援を待ちつつ敵を待ち構える。そういう手筈《てはず》であり、何の問題もないはずだった。

まさか敵軍が一千に満たぬ騎兵のみで先行し、町の奪還に動くとは思ってもみなかったのだ。油断していたギネヴィア軍の先遣隊は、偽アルトリウス派の奇襲によって、さんざんに討ち破られた。

ギネヴィア軍の先遣隊を率いていた貴族たちはそのほとんどが討ち取られ、略奪の命令を出した侯爵も首を野に晒《さら》す羽目になったという。先遣隊のうち二千名ほどが包囲網から逃れ、そのうち半分ほどは町の北西部に広がる森に逃げ込んだ。それが一番、生き延びて北まで戻ることができるだろうと思われたからである。

この時点でギネヴィア軍の先遣隊に生存者が多かったのは、偽アルトリウス派の騎兵が指揮官の命令で深追いを禁じられたからだ。奇襲部隊は強行軍により馬の疲労が著しかった。森に逃げ込まれれば騎兵の利点は消える。だからといって、せっかくの大勝利だ。追撃で戦果を拡大しない手はない。

後続の歩兵による熱心な追撃が行われた。兵法書で書かれる通り、軍隊でもっとも死者が出るのは敗走時である。偽アルトリウス派を率いるダヴィド公爵としては、ここで少しでもギネヴィア派の軍勢を削り取りたいところであっただろう。

削られる方の兵士たちとしては、たまったものではない。

最初の一昼夜で、逃走する兵士のうち五百人ほどが偽アルトリウス派の軍勢の網にかかった。

彼らの大半は殺されるか降伏するかしたという。

降伏した兵士は町に連れ戻されると、復讐に猛《たけ》る住民の生き残りの前に放り出された。聞くもおぞましい苛烈《かれつ》な報復を受けたという。自業自得とはいえ、剣や弓矢で殺される方がよほどマシだったに違いない。

運よく脱走できた兵士の口からそれを聞いた者たちは、だから懸命に逃げ続けた。時に合流し、また分かれ、昼も夜もなく移動し続けた。

それでも敵の追っ手は際限なく迫ってくる。

「こっちだ、いたぞ！」

敵兵の声が聞こえる。散開して追い詰めろという指示を聞いて、逃げるギネヴィア軍の兵士たちは震えあがった。鋭い弓音と共に、近くの木の幹に矢が突き刺さる。ひっ、と押し殺した悲鳴をあげて立ち止まってしまった者は、続いて突撃してきた敵兵の槍に胴を穿《うが》たれ、あえなく倒れることとなった。

「こっちも分かれて逃げろ！」

分隊長の叫び声が響く。残った兵士たちは、三々五々《さんさんごご》に走り始めた。運が良ければ、何人かは生き延びられるだろう。あちこちで断末魔の声が響く。

と……。

一本の矢が逃げる兵士たちの前方から放たれた。背後に迫っていた敵兵が、額を射貫かれ、断末魔の声をあげて倒れ伏す。思わぬ援軍に立ち止まってしまったギネヴィア派の兵士に、斜め上から「まっすぐ走れ！」と声がかかった。

振り仰げば、樹の上の方の太い枝に、くすんだ赤い髪の青年が立っていた。

青年は黒い弓を構えている。兵士は知っていた。ああ、誰が忘れるだろう。ギネヴィア派の旗印がギネヴィア＝コルチカム＝オフィーリア＝ベディヴィア＝アスヴァール王女なら、常にそのかたわらに立つ将軍、王女の旗揚げ時から彼女の軍勢の指揮を執っていた異国の英雄、竜殺しのふたつ名でその名をアスヴァール島に轟《とどろ》かせる者。その名は……。

「ティグルヴルムド卿！」

誰かが、叫んだ。

「竜殺し！　竜殺し殿だ！　竜殺し殿が助けに来てくれたぞ！」

ティグルヴルムド＝ヴォルン。竜殺しの英雄だ。先日の会戦で地竜二体を同士討ちで屠ったその手際は、吟遊詩人の歌に乗って北アスヴァールの全土に伝わっている。

そのティグルヴルムド卿は、淡々と次の矢をつがえる。弓弦を引き絞り、放つ。敵兵が倒れた。また誰かが「竜殺し殿」と叫んだ。

逃げる兵士たちを包囲しようとしていた敵兵の方から、動揺の気配が伝わってくる。怯えた空気は、さざ波のように伝播した。「竜殺し」「竜殺しだ、まずい」「逃げろ」「いや、手柄首だ。あそこの木の上を狙え」そんな声も届く。

だがそれは敵兵の行動の一貫性を損なうだけだった。ティグルヴルムド卿へ向かって放たれた矢は、ただの一本もその枝まで到達することなく、逆に弓手の場所を彼に晒すだけの結果となる。

ティグルヴルムド卿は冷静に、反撃する。矢筒から矢を数本まとめて引き抜き、つがえては放つ。その一矢ごとに、敵軍からひとつ悲鳴があがった。

「次、用意してくれ」

「どうぞ、ティグル様！」

ティグルヴルムド卿の隣の枝を足場とする若い兵士が、予備の矢筒を彼に手渡す。竜殺しの英雄は、矢の残量の心配もなく、次々と敵を仕留めていく。その姿の、なんと勇ましいことか。なんと頼もしいことか。自分たちは今、英雄と共にあるのだ。気分が高揚《こうよう》する。

ギネヴィア派の兵士たちは、最後に残った力を振り絞って、頼もしい射手の陣取る大木の傍を全力で駆け抜けていった。

第1話　森の中の戦い

ティグルヴルムド＝ヴォルンは十六歳である。ブリューヌ王国の辺境アルサスを治めるヴォルン伯爵のひとり息子だ。親しい者からはティグルという愛称で呼ばれている。

彼は数奇な運命に導かれて、故郷から遠く離れた地、アスヴァール島で戦っていた。

ことの始まりは、今から数か月前、初春の出来事だ。当時、ティグルはジスタート王国に七つある公国のひとつ、ライトメリッツ公国に留学していた。公主代理《アドワール》リムアリーシャ、通称リムとの関係は良好で、ティグルは彼女に淡い思慕《しぼ》の情を抱いていた。

リムが出兵すると聞き、ティグルは当然のように、彼女につき従った。敵はアスヴァール王国の大船団であるという。人生で初めて船に乗り込んだ。

問題が起きたのは、その後だった。

人生で初めて海を見て初の海戦に臨んだティグルは、なりゆきで飛竜の背にしがみついて、船で十日以上かかる遠方の島、アスヴァール島までやってきてしまったのである。

幸か不幸か、竜の爪に捕まっていたリムと共に、たったふたりで。

アスヴァール島を縦に貫くペナイン山脈、その奥地の素朴な村に辿り着いたティグルとリムは、そこでひとりの女性に出会った。

このアスヴァール島を治めていたアスヴァール王家で唯一の生き残り、ギネヴィア＝コルチカム＝オフィーリア＝ベディヴィア＝アスヴァール。すなわちギネヴィア王女である。

この時、アスヴァール王国は激しい政変に襲われていた。ギネヴィア王女によれば、突如として出現した始祖アルトリウスを名乗る人物によって王都コルチェスターが陥落し、彼女以外の王族は皆、この者たちに殺されたのだという。

ティグルとリムは、なりゆきで始祖アルトリウスの手先であるとおぼしき竜を倒してしまった。以後、竜殺しとして名をあげると共に、ギネヴィア王女に与することとなった。

ギネヴィア派の力の象徴となったのである。

ティグル率いるギネヴィア派の一軍は、東の平原まで侵出し、交易路の交差点であるデンの町を押さえると、ここを拠点として兵を集めた。

そして迎えた初夏。デンの南方の平原で行われた一大会戦で、偽アルトリウス派の軍勢を討ち破る。ギネヴィア派は勢いに乗り、ぞくぞくと集結する諸侯軍を再編制すると共に、王都コルチェスターに先遣隊を派遣した。ここまで連戦連破、破竹の勢いの進撃であり、失敗は誰も想定していなかった。

だが先遣隊の兵士三千を率いていた侯爵は、町をひとつ落としたところで慢心《まんしん》し、偽アルトリウス派の少数の騎兵の奇襲によって殺されてしまう。指揮官を失った先遣隊は、以後、まともに軍としての体裁を取ることもできず分散して逃走、各個撃破されていった。

所用により一時、軍を離れていたティグルとリムは、近くの町でこの一件を聞き、早急に動くことを決断する。

「俺かリムがいれば、略奪なんて絶対にさせなかったんだが……」

政治的な妥協により不適切な人選が通ってしまった。結果、兵士たちを蛮行に駆り立てることを止めることができず、無辜の民に犠牲を出していた。慚愧《ざんき》の念に堪《た》えない。

「ひとりでも多くの兵を助けよう」

落とした町で何があったとしても、それは上に立つ者の不徳である。命令を聞いただけの兵士に罪はない。そう割り切り、ティグルたちは現在動ける少数の部隊で先行した。森に逃げた者たちこそもっとも生き延びている確率が高いと判断して、その逃走経路で待ち構えたのである。

結果、これまで五十名以上の兵士を救出することに成功していた。逃走を続けて限界まで疲労した彼らはきちんと休息を取らせなければまともに戦うこともできないだろうが、とにかく数字としての成果は上々だった。

敵軍の追撃は執拗《しつよう》だった。時が経つごとにギネヴィア派の兵士の生存率は低くなる。

町を奪還された際、敵軍には円卓の騎士アレクサンドラの姿も見えたという。もし彼女が追撃部隊に加わっていたとして、彼女と遭遇戦となれば、果たして今のティグルとリムでどれほど持ちこたえることができるだろうか。

「今のうちに、追撃部隊を潰しておく。削れる時に削れるだけ削る」

ティグルは敵の後方にいる指揮官とおぼしき若い騎士に狙いを定め、矢を放った。

森の中、木々と背の高い茂みによって身を隠していると安心していたのだろう、樹上からの一矢は狙い過たず、安全なところから声を張り上げていた騎士の脳天を串刺しにする。

「隊長がやられた！　身を低くしろ！」

指揮官が倒れたことで、傍の兵士たちは悲鳴をあげて藪《やぶ》に頭を隠す。敵兵を追い立てて戦線を広くとっていたことが災いしたのか、前線の部下にはその悲鳴が届いていない。副隊長と思しき壮年の男がすぐに指揮を引き継ぎ、狙撃手の存在を声高《こわだか》に何度も叫んだ。

「今だ、リム」

ティグルは呟く。ほぼ同時に、離れたところに待機していた人物が動いた。副隊長が隠れた樹の傍に、数名の兵士が降り立つ。そのうちのひとりは金髪碧眼の若い女性だった。

リムアリーシャ。ティグルと共にアスヴァール島にやってきた、彼の相棒である。彼女たちは樹上に待機し、この時を待ち構えていたのだ。

「指揮を執る者を倒せ！　雑魚《ざこ》は放置していい！」

その女性が先頭になって、部下と共に敵部隊の副隊長とその周囲の兵士たちに切り込んでいく。副隊長は奮戦するも、女性の卓越した剣技によってあえなく討ち取られた。

頭を失った敵部隊の末路は、無残なものだった。撤退の判断もできぬまま散発的にティグルたちのもとへと押し寄せ、さんざんに討ち破られた末、三々五々《さんさんごご》に逃げていく。

ティグルは背後に抜けた味方の兵士たちを樹上から振り返る。地面に尻もちをつき、喘いでいた兵士たちから歓声があがった。


「ティグルヴルムド卿」

リムがティグルに声をかけてきた。逃げた敵を追撃しようと逸《はや》る部下を制して死体の片づけを命じた後のことである。腰には二本の剣を下げている。今は鞘に収まっているが、どちらも尋常な剣ではない。神器、とティグルたちが呼んでいるものの一種である。

双紋剣《カルンウエナン》と呼ばれるそれは彼女が湖の精霊と呼ばれる存在から賜ったもので、赤と青の刀身を持ち、特殊な力を発揮する。

「これで敵を追い散らすのは三度目です。多くの兵を救い出しました。次はどうしますか」

「敵も馬鹿じゃない。この場を引き払うべきだろうな」

ティグルは少し考えたすえ、決断した。つき従う中年の部下を見る。

「救出した兵士の後送は、メニオ、君に任せた。君にリムの部下を預ける」

「はい、ティグル様」

「俺とリムは、イオルたちを連れてもう少し西に移動し、迷った兵士の回収を試みる。お互い、無事の再会を祈ろう」

ティグルとリム、そしてメニオは、それぞれの信じる神に祈った。ティグルとリムは、ブリューヌとジスタートで信仰されている神々に。アスヴァール人であるメニオは、始祖アルトリウスと円卓の騎士たちに。

今、ティグルたちが敵としているのはまさにその始祖アルトリウスなのだが、それと人々の信仰はまた別なのだ。以前は村で役人の真似事《まねごと》をしていたというメニオであるから、相応の教養と現在の事態を理解するだけの思考力を持っている。それでも彼は、子どもの頃から捧げていた祈りの対象を変えない。

これはギネヴィア派の騎士たちの大半も同様である。

ギネヴィア派では、敵のことを偽アルトリウス派、つまり始祖アルトリウスを騙る者であり、円卓の騎士を名乗る者たちも真っ赤な偽者であると喧伝《けんでん》していた。

――もし本当に、祈りに力があるのなら。

ティグルはふと、そんなことを考えてしまった。

――自らを滅ぼすために祈る者たちに、彼らは果たして、どのような力を与えるのだろう。

メニオとリムの部下たちが撤収のため立ち去った後、ティグルは改めてリムの方を向いた。

「リム、今はふたりきりだ。ティグル、と呼んで欲しいな」

「いつ敵の襲撃があるかわからない状況です、ティグルヴルムド卿」

表情の変化に乏《とぼ》しい顔で周囲を見渡し、彼女は言う。

リムアリーシャは、ティグルより三つ上の十九歳だ。ジスタート王国に存在する公国のひとつライトメリッツで公主代理《アドワール》を務めていた女性である。

初春のこと。ティグルは彼女の部下として出征し、アスヴァール海軍と戦った。季節が春から夏へと移り変わり、現在、彼女はティグルの部下として働いている。

立場が逆転した形だが、これはリムの方から望んだものだ。アスヴァール島でギネヴィアのために戦うと決めたとき、自分は副官が適任であり、ティグルには将としての適性がある、故《ゆえ》にこれからは自分がティグルの補佐にまわるべきだと、そう告げたのである。

実際に、それからのティグルはギネヴィアのもとに集った兵を率いて転戦し、連戦連勝であった。少なくとも、これまでは。

先遣隊の敗戦は、彼らがちょっとした用事で軍を離れていた際に起こった。直接的な責任はないが、ティグルとリムは現在、ギネヴィア軍を取りまとめる立場である。故に、その後始末に追われていた。

「略奪の報告が届いて、ギネヴィア様とリネット様はどんな顔をしているか」

リムはため息をつく。順調にいけば、およそ十日後に再編の終了したギネヴィア軍の本隊がデンの町を出立するはずだった。ギネヴィアはそれを率いて先遣隊と合流する。ティグルとリムはその前に先遣隊に加わり、偽アルトリウス派の反撃に備える予定であったのだ。

全てはご破算となった。すでに一報は上げたが、詳しい報告書をしたためなければならないと思うとひどく気が重くなるのはティグルも同様だ。

ペナイン山脈の南に広がるこの広大な森は、アスヴァール島を東西に分断している。狼や熊などの危険な獣も出没するという。そんな場所だからこそ、多くの兵士が、生き延びるための逃げ場として飛び込んだ。

ティグルとしては彼らが無為《むい》に散ることをよしとしたくなかった。純粋に、来るべき決戦に備えて少しでも戦力を残したいという思いもある。初夏の会戦では勝利したが、次は偽アルトリウス派も総力を結集して来るだろう。厳しい戦いになると想定された。

「リム、これからのことを相談したいんだが……リム？」

気づけばリムが、彼女にしては珍しく、ぼうっと西の空を眺めていた。ティグルは不思議に思い、彼女の肩に手を置く。リムは、慌てた様子で肩に力を入れた。はっと我に返ったのだ。

「珍しいな。君がぼんやりするなんて」

ティグルはリムの青い瞳を覗き込んだ。

「何か、気になるのか」

「私を呼ぶ声が、どこからか聞こえたような」

「リム？」

リムは動揺するように視線を彷徨《さまよ》わせた。双紋剣を抜く。赤と青の刀身が、脈動するようにかすかな輝きを放っていた。

「これは」

「剣を向ける方角によって、光の強さが違いますね」

　ティグルとリムは顔を見合わせる。

「行ってみよう」

「わかりました。少数で向かいましょう」

　リムはうなずいた。

†

　双紋剣に導かれるまま、森の中の獣道を西に向かう。

　今回、ティグルとリムに同行する兵士は、たったの三人だけだった。

　メニオと共に引きとった新兵たちだ。全員がティグルと同年代か年下で、もとは偽アルトリウス派の諸侯に徴兵されたが、先の会戦で敗戦の際、軍を脱走して山賊となった。

　山賊といっても、たいしたことはしていない。とある村の共有地である山に勝手に住み着いていただけだった。困窮し、彼らのリーダーだったメニオは病に倒れてしまう。にっちもさっちも行かなくなったその時、彼らはティグルに出会った。

正確にいえば、山賊狩りをしていたティグルたちに発見されたのである。彼らは速やかに降伏した。ティグルとリムは、的確な治療でメニオの病を癒した。命の恩人となったのである。

その後、メニオと若者三人の希望を聞いて、ティグルは彼らを部下とした。

中年のメニオを除く若い三人の主な役割は、矢筒持ちだ。ただの荷物持ちと馬鹿にすることはできない。アスヴァール王国特有の長弓部隊では、戦場において予備の長弓と矢筒を抱えて付き従う従者を最低ふたりは用意するという。ティグルはその仕組みを真似ることにした。

ティグルの持つ黒弓は神器と呼ばれる特別製で、予備の弓は必要ない。しかし矢は別だ。いくらティグルが超人的な弓手であっても、矢がなくては兎一匹、仕留めることができない。故に戦の際、矢筒を運ぶ専門の者たちが必要である。

この新兵たちにはもうひとつ、重要な役割がある。自称「ご主人様」の世話だ。

「下僕よ。肩を貸すことを許す」

兵士のひとりの胸もとに抱えられていた白い子猫が、その腕からするりと抜け出し、ティグルの足もとへやってくると、そう言った。

子猫のその言葉はティグルにしか聞こえていない。子猫の尊大な言葉は、他の者にはただの猫の鳴き声にすぎないのだ。なぜ、自分だけなのか。かつてティグルはケットに訊ねたことがある。返答は「王は王を認むる」であった。猫の言葉はわかっても、その意味までは理解できないことが多々ある。彼らのものの考え方を人の基準で推し量《はか》《お》ることは難しい。若い兵士は、子猫がティグルに甘えに行ったと思っているに違いなかった。

ティグルは軽く肩をすくめる。その態度をどう思ったか、子猫はするするとティグルの身体をよじ登り、左肩に腰かけてみせた。

「ケットは、ティグルヴルムド卿のことが本当に好きなのですね」

リムが呟く。その声色には、少し羨《うらや》ましそうな気持ちが交じっているようにティグルには思えた。一行の中でリムにだけは、あらかじめケットの正体を説明してある。この子猫が猫の王を自称する不可思議かつ傲岸不遜《ごうがんふそん》な存在で、人語を解し、ティグルをはじめとする一部の者たちだけが子猫の言葉がわかるということを。

それらを承知の上で、リムはすねたように口を尖《とが》らせてみせる。

「こいつは川魚一匹で誰にでも尻尾を振るさ」

「下僕には、ものの道理というものをよく教えなければならぬな」

子猫は不満そうにティグルの頬を何度も肉球で叩いた。爪を立てていないのは王たる者の寛大さの表れであろう。

「ケットがじゃれつくのはティグル様だけなんですよね」

新兵のひとり、イオルが笑った。顔のあちこちにニキビが出ている。三人の中で一番年長であり、ティグルと同い歳である十六歳の少年だ。この子猫をケットと名づけたのも彼である。その彼も、まさかこの子猫が猫の王を名乗る存在であるとは想像もしていなかっただろう。

ティグル、リム、三人の兵士の一行は、獣道を歩き出した。

しばらく進んだところで、ティグルの肩の上でケットが鼻をひくつかせる。

「下僕よ、この先、陽の塊が沈む方向へ赴くのであるな」

「そうだ」

ティグルは小声で返事をした。

「ならば余は、あの方の敬虔《けいけん》な徒《と》としてその役目を果たそう」

ケットの言う「あの方」とは、ティグルも会ったことがある存在だ。善き精霊《シーリーコート》モルガンと呼ばれる彼女は、おとぎ話に謳《うた》われる、恐るべき力を持った超常の存在であった。

善き精霊モルガンは、以前、ティグルに興味を抱き、彼の左手の小指に緑の髪の指輪をつけた。この指輪は他人がどうやっても外れず、形も崩れない。かわりに、ティグルが尋常ならざる存在と戦うとき、力を貸してくれる。

猫の王が己の主について言及したということは……。

「双紋剣が導く先には、何があるんだ」

「下僕は感覚が鈍いゆえ、己の目で見て耳で聞いたものしか理解できぬ。ならば己の見たまま聞いたまま、思うところを為《な》せばよい」

「具体的に説明できないのか」

ケットは、つん、とそっぽを向いてしまった。なんとも気難しい王様だ。

「何を話しているのです」

部下たちが後方の警戒をしている間に、リムが訊ねてきた。

「ケットもこの先に興味があるらしい」

「それは、先日のように誰かがいる、ということでしょうか」

「あるいは、何かがある、だな」

ティグルは以前の出来事を思い出す。きっとリムも、今、同じことを考えているのだろうなと考えた。そう、円卓の騎士たちと、半精霊モードドレッド、そして善き精霊たちのおおいなる力の発露を。

つい先日のことだ。ティグルたちは、ペナイン山脈の奥、深い森に隠された、さる神殿の跡地に赴いた。古代にこの地で崇められていた、今は信仰の失われた神々の一柱、その神殿があった場所で、ティグルとリム、そして同行していたギネヴィアは、過去の光景を見た。

三百年前の光景だ。アルトリウスと円卓の騎士たちがなぜ、どうやって現代に蘇ったのか、少なくともその一端は理解することができた。

それらは、蘇った円卓の騎士のひとり、ガラハッドの計略であった。ガラハッドはティグルたちに自分たちの過去を見せるかわりに、彼もまたティグルたちの過去を見たようだ。

ガラハッドはティグルたちが魔物と無関係であることを理解し、戦う理由がないと宣言して剣を鞘に納めた。

そこに襲い掛かってきたのが、モードレッドという人と精霊の間に生まれた男であった。モードレッドは、誓約に違反しているとガラハッドをなじり、おそるべき精霊の力でもって彼を攻撃した。ティグルたちはガラハッドを守って戦った。

最終的に、ティグルとリムの手でモードレッドは討ち取られた。だがその過程で、ティグルたちはモードレッドの、そしてティグルたちを援助した善き精霊たちの力の一端をまざまざと見せつけられることとなる。

いかなる自然の力よりもおそるべき天変地異、まさに天の災いとも言うべき破壊の力同士の激突は、ティグルたちの神器すら凌駕《りょうが》する驚異であった。

ガラハッドはその後、同じく蘇った円卓の騎士であるボールスと共に、アスヴァール王国の大陸側領土に向かったと聞く。次に会うとき、ティグルたちは彼とどう向き合えばいいのかはわからない。

ただひとつ、彼ら蘇った死者たちについてわかっていることがある。

魔物。それこそ、始祖アルトリウスと円卓の騎士たちが三百年前から蘇った理由であるらしいということだ。

ガラハッドが見せた過去の光景の中で語られたのは、アルトリウスの妻が魔物と呼ばれる存在によって殺されたということであった。

円卓の騎士たちは復讐を誓ったが、魔物は大陸に逃げてしまったという。アルトリウスは円卓の騎士たちに、島を出ることを禁じた。当時、建国したばかりのアスヴァール王国は足場が固まっておらず、迂闊《うかつ》に大陸へ侵出することで他国を刺激してしまうことを懸念したのだ。

唯一、湖の騎士と呼ばれるランスロット卿だけはその命に背《そむ》いて、大陸に赴いたという。湖の騎士ランスロットは、二度と島に戻ることがなかった。

歴史の紐を解けば、ほぼ同時期、黒竜の化身を自称する男がジスタート王国を興している。大陸へ渡ったランスロット卿は、はたしてジスタートの初代国王と七人の戦姫に出会ったのだろうか。その一点だけとっても興味は尽きないと山から下りる途中でギネヴィア王女は熱心に語っていたものだ。

ランスロットと戦姫は剣を合わせたのだろうか。ジスタートの初代国王と手合わせしていたとしたら、はたしてどちらが勝ったのか。

ランスロットは円卓の騎士でも武勇で飛び抜けた人物である。アルトリウスが、己を殺しうる者がいるとするならランスロットだけ、と語ったこともあるという。その彼が、ジスタート建国に立ち合っていたかもしれない。ランスロットには竜殺しのエピソードも複数ある。もしジスタートの初代国王が本当に黒竜の化身だったとしても……。

胸が躍るような話であった。

「名将が遠く離れた地で王になったという話は、各国にあります。ひょっとしたら、ジスタート王国の初代国王とは円卓の騎士ランスロットであったのかもしれませんね」

山からの帰途、たまたまティグルとふたりきりになったとき、ギネヴィアは嬉々としてそんな妄想じみたことまで語ってみせた。

「殿下、その話、絶対にリムの前ではしないでくださいよ」

円卓の騎士の熱烈なファンであるギネヴィアは、その面でも盟友たる宰相代理リネットと共に、円卓の騎士のこととなるとひどくまわりが見えなくなるのだ。それは、ギネヴィア派の統領としてはふさわしくない振る舞いかもしれない。だがティグルは、目を輝かせて物語のあれこれを語る彼女が嫌いではなかった。

そのギネヴィアは、現在、ギネヴィア派が拠点とするデンの町に戻っている。ギネヴィア軍の本隊の再編が済み次第、その兵を率いて南下する手筈《てはず》であった。

それまでには、いましばしの猶予《ゆうよ》がある。ティグルとリムはその間に先遣隊と合流し、偽アルトリウス派の軍勢を牽制する手筈であったのだ。先遣隊と本隊を合わせれば、偽アルトリウス派の軍勢を大きく上まわる。勝利は確実と考えられていた。

王女殿下の目算は、先遣隊の壊滅によって脆《もろ》くも崩れた。であれば一度、ティグルたちもデンの町に戻るのが本来の筋であろう。

ティグルとリムはそれをよしとしなかった。すぐに動けば助けられる兵がいる。それはせいぜい数十名から百名規模に過ぎないかもしれないが、誰も助けられないよりも、ずっといい。

そう判断し、独自に行動を開始した。

結果、今がある。

ティグルは肩のケットを引きはがすと、リムに引き渡した。リムは白い子猫をぎゅっと抱きしめる。

「この子を預かっていてくれ。俺は、双紋剣が示す方角の先を見て来る」

「今更、森の中でティグルヴルムド卿の心配をするわけではありませんが、それでも一応、ご注意を、と申し上げておきます」

「リムたちこそ、周囲の警戒を頼むよ。ここは視界が悪い。いつ敵兵が現れるかわからない」

ティグルはリムと部下たちに注意を促したあと、彼らを置いて小走りに獣道を駆け出した。

しばらく進んだところで、違和感に気づく。森の中は、不自然なほどの静寂に包まれていた。動物たちの気配がないだけでなく、小鳥の鳴き声や蟲《むし》が羽をこすり合わせる音すらも聞こえてこない。

「これは……」

ティグルは折れ曲がる獣道を外れ、藪をかきわけ、まっすぐ双紋剣が指し示す方角へ進んだ。彼は領主の息子であったが、子どもの頃から弓を持って森に赴き、狩人たちに教えを受けてきた。数年前からひとりで森の奥まで赴くようになった。森と一体になり、木々と茂みの陰に潜み、気配を探る術を学んだ。太陽の傾きや木々の様子から正しい方角を探り、迷うことなく歩く方法に卓越した。

ほどなくして、それを発見する。

緑の蔦と蔓に覆われた神殿が、そこにあった。

ティグルは一度、それを見ていた。円卓の騎士ガラハッドがティグルとリム、そしてギネヴィアを過去の光景へと送り出した場所が、まさにこのような神殿の跡地であったのだ。

天井が倒壊し神聖な中心部まで野ざらしとなっていたあちらと違い、こちらは建物の大部分が無事なまま残っている。果たしてこの神殿に奉られていた神とは、いったいどんな権能を保持していたのだろう。

「双紋剣が指し示したのは、これの存在か」

†

しばしの後、ティグルは他の四人を連れて、朽ちた神殿に足を踏み入れた。リムが神殿の石畳に足を触れたとたん、双紋剣の輝きが消えてしまう。道しるべはもはや不要ということなのだろう。

蔦と苔によって、まるで緑の文様が彫り込まれているかのように見える神殿の様子にリムが驚いている。

「ペナイン山脈の奥地にあった神殿は、建物が完全に崩れてしまっていました。こちらはだいぶ原形を保っています」

以前、彼らが赴いた神殿は、険《けわ》しい山の中腹で静かに朽ちていた。対して今、ティグルたちの目の前にある森の中の神殿は、古代の一流建築物としての名残が残っている。太い石柱に支えられた頑丈な壁面と天井。遠い昔にあった、記録にも残っていない人々の英知の痕跡を垣間見るようで、自然、畏怖《いふ》の念を抱いてしまうのもわかる。

部下の若い三人は平然としている。むしろ、驚いているティグルたちを見て、なぜ驚くのかと言うかのように首をかしげていた。

「君たちは、これが古代の遺跡だとわかるのか」

試しにティグルが訊ねてみたところ、意外な返事がきた。

「俺たち、こういうのを故郷で見たことがあるんです」

三人を代表して、年上のイオルが言った。

「危険な場所だから立ち入っちゃいけないって言われてましたけど、子どもって、禁止されるとやりたくなるものですよね。だから時々、中で遊んでいましたよ」

なるほど、かつてはアスヴァール島の各地に、このような神殿があったのであろう。それらに対する信仰はずっと昔に失われ、始祖アルトリウスと円卓の騎士に対する信仰がそれに取ってかわった。

「ここはあなた方の生まれ育った村から遠く離れています。同じものがこんなところにある、そのことに驚きはないのですか」

「それは、何か驚くことなのですか？」

リムの質問に、若者たちはきょとんとした表情になる。ティグルはふたりのやりとりで、彼らと自分やリムとの認識の違いを理解した。狭い村社会だけが全てだと思っていた彼らは、その外に出てしばらく経つとはいえ、まだまだ自分の見たものだけが世界の全てだという認識が抜けきっていないのだ。

――アルサスの狩人たちも、こんな感じだった。

地方の村とはそういう場所なのだ。教育の有無もある。ティグルは質問を変えることにした。

「こういう場所に、君たちは詳しいのか？」

「いいえ、あまり詳しくはありません。羊たちは嫌がるんですよね。だから羊の世話をするようになってからは、あまり近寄らなくなりました」

「羊？」

「俺たち、羊を飼って暮らしていましたから」

「羊飼いの村の出身だったのか。確か、西の方では大規模な牧畜が行われているんだったな」

アスヴァール島の北西部、西部における経済の話はリネットから聞いていた。彼女の実家であるブリダイン家はアスヴァール島の北部一帯を治めているが、これの西側でも酪農が盛んで、そうした羊飼いたちはひどく頑固で迷信深いとも話していたように思う。

小規模な牧畜は、ほとんどの町の近くでも行われている。たとえば、この国において山羊の乳は、貴族の飲む紅茶にとって必要不可欠な付属品だ。

それとは別に、大規模な牧畜が行われている地方では羊の毛や乾燥肉が輸出品となっているとのことであった。もっともそういった交易は険しいペナイン山脈を通るのではなく、なだらかな地形が続く南部の街道を通して行われる。

故にこの島の西部は、おおむね偽アルトリウス派の軍門に降ったのだ。

三人の若者の村を治める領主もそういう地理上の都合でティグルたちの敵にまわったということなのだろうか。

「うちの村のあたりでは、始祖アルトリウスはもともと羊飼いだった、という話があるんですよ。だから羊飼いは皆、アルトリウスの血を引いている、って」

「夢のある話だな」

「始祖アルトリウスの生まれた村、と言われている場所もあるんですけど、そこは今、誰も近寄らない廃墟なんです。あ、でも村長は、羊飼い以外にはこういう話はするな、って厳しく言ってました」

「それは、そうでしょう」

リムがため息をつく。何だって主張するだけならタダだが、始祖に関しては下手なことを喧伝すれば王家を侮辱したと怒る者も出てくるだろう。現在のアスヴァール島南部から西部を治めるのは始祖アルトリウスを名乗る者なのだから、なおさらである。その村長、さぞや気苦労が多いに違いない。

　もっとも彼ら三人は、村の内部のいさかいで親を殺されたという。今更、村長や村人たちに対して義理立てする気もないだろう。

「こういった神殿について、言い伝えはあったのですか」

「ええと、どうだったかな」

　リムの問いに若い兵士たちは顔を見合わせ、あれこれと話し出した。

　ふと気づけば、ケットの姿が消えている。

「ケットはどこへ行った」

「ここを訪れたとき、ひと声鳴いて、草むらに入って行ってしまいました」

　リムが言う。賢い白猫のことだ、そのうち戻ってくるだろうと考えているようだった。ティグルに意味深な言葉をかけていたことから考えて、猫の王には相応にやるべきことがあるのかもしれない。ひとまず気にしないでおこう、ということになった。

　部下たちがなおも幼い頃の記憶を蘇らせている間に、ティグルはリムを伴って神殿の奥に足を踏み入れる。神殿の形状は、以前、ティグルたちが入ったあの山奥のものとほぼ同じようである。ただし天井が倒壊していたあちらと違い、こちらの天井はしっかりとしていて、昼にも拘わらず、ろくに陽光が差し込まない。本来は明かり取り用の窓であったのだろう壁面の窪みは、その大半が頑丈な蔦に覆われてしまっている。

壁面には文字が刻まれているが、ティグルとリムではその内容を読み取ることができなかった。

アスヴァール島が統一される以前、まだこの地で無数の勢力が群雄割拠《ぐんゆうかっきょ》していた時代は、彼らが使う言葉も、文字も、今とはだいぶ違っていたと以前、ギネヴィアが言っていた気がする。円卓の騎士の足跡を巡るに際し、彼女はそういった古代の言葉を多少なりとも学び、それらに関連する資料を漁ったことがあるのだと。

——殿下をこんなところに連れてくるわけにはいかないよな……。

この間の決闘のようなことでもなければ、ギネヴィアを少数で行動させるわけにはいかない。そもそもあの決闘自体、本来ならばありえないような選択の末に生まれたものである。

ティグルとリムは周囲を捜索したが、何を司る神がここに祀られていたのか、その手がかりすら欠片も見つからなかった。

「そもそもですよ、ティグル」

若者たちから離れてふたりきりだからか、リムは彼を愛称で呼んだ。思わず口もとがほころんでしまう。リムは、仕方がありませんね、とばかりにほんの少し口の端をつりあげて言葉を続けた。

「あなたは、ここで何を見つけられると考えたのですか」

「わからない」

ティグルは肩をすくめてみせた。

「双紋剣がここに導いてくれたんだ。何かあるんだろう」

「それは、あなたの直感ですか」

「そうだな。ただの勘だ」

リムは、ならばそれでいい、とうなずいた。

「直感ならば、話は別なのです。私たちはあなたの直感によって何度も危機を乗り越えました。何よりもあなたが、それを信じるべきだと思います」

そうだろうか、とティグルはリムの助言に首をひねる。確かに幾度かは、勘に身を任せて成果を得てきたように思う。リムが飛竜の爪に囚われたとき、とっさに飛竜の背に飛び乗ったときもそうだった。円卓の騎士アレクサンドラ、かつて親しい者にはサーシャと呼ばれていた元戦姫との戦いにおいても、土壇場の勘任せが上手い方に転がってくれた。

だからといって、これまで上手くいったのはたまたま、だ。

そう何度も、運がこちらの味方をしてくれるとは限らない。ティグルは将だ。決断とその責任は全てティグルの双肩にかかっている。リムの信頼はひどく重いように思えた。

もっとも、それが嫌だとは思わなかった。彼女の言葉は信じられる。いや、信じたいと思った。ティグルは決断しなければならない。今回、自然とこの神殿に来る道を選んでいたのも、きっとそこに何か意味があると信じたからだ。

白い子猫が、無事な明かり取り用の窓のひとつからぬっと出てきた。

「ケット。どこへ行っていたんだ」

子猫がするっと飛び降りて、ティグルの傍にある折れた石柱の上に着地すると、これみよがしに胸をそらした。ティグルは両手で子猫の軽い身体を抱え上げる。

「偉大なる猫の王、君はこの場所のことを知っていたんだろう。俺たちが何をすればいいか、教えてくれないか」

「愚かだな、下僕」

ケットが可愛らしい声で鳴いた。

「猫は知っているぞ。神殿ですることなど、たったひとつだ。祈りを捧げよ。それすらできないとは、いやはや、寛大と謳われた余とて、呆れて言葉が出ぬ」

言葉を出しているじゃないか、と突っ込みたかったが、そこをぐっとこらえた。この子猫の尊大さはいつものことだ。

「でも祈りを捧げるといったって、俺たちは何に祈ればいい？　ジスタートやブリューヌの神々でいいのか」

ケットは、ティグルには上手く発音できない言葉を紡いだ。聞き返そうとして、不意に気づく。足もとがぐにゃりと歪んだような感覚を覚えた。

思わず、膝を折る。傍らでは、やはりリムがティグルと同様、片膝をついていた。

「ケット、何をした」

「祈りを捧げよ、下僕」

ケットは、またヒトの言葉ではない何かを紡ぐ。

「祈りだ」

床がさらに歪んだ。ティグルは後ろを振り返る。三人の若い兵士は神殿の端で、まだおしゃべりに夢中になっていた。こちらの異変に気づいていない。

部下の彼らに声をかけようとして、強い眩暈を覚えた。

意識が遠のく。

†

少年は雨の神の神殿で豊穣《ほうじょう》を祈願した後、神殿の外に出た。初夏のこの季節、相変わらずの曇天が続いている。待機していた供の騎士たちにひとつうなずき、馬に乗る。だく足で馬を走らせていると、ひとりの騎士が自身の馬をすぐ横につけた。

「ボス、本当にやるんですかい」

「やるとも、ボールス卿。それと、ボスはもうやめてくれ。俺は――」

少年はひとつ咳払いした。

「――いや、わしは、アルトリウス王であるぞ」

「王になるって宣言しただけで、どうなるってもんじゃないと思いますがねえ。わかりましたよ、陛下」

ふたりは顔を見合わせ、にやりとした。子どもの頃から轡《くつわ》を並べてきた間柄だ。どこかでけじめをつける必要があるのは互いに理解していた。それが今だったということだ。

「西のリエンスがこちらに仕掛けてくるまで、もう幾許もないだろう。強い軍が必要だ」

「俺と陛下、ガウェインの兄貴とパーシバル、ケイ、これだけいれば何とでもなるでしょう。少数精鋭、それじゃ駄目なんですかい」

「個々人の武力だけでどうにかなる段階は、とうに過ぎたんだよ」

アルトリウスは前を向いた。なだらかな丘陵が続く。羊たちと、それを追い込む牧羊犬の姿が見えた。小高い丘の上から羊飼いたちが手を振っている。

アルトリウスは手を振り返した。自然と顔がほころんでしまう。前を向いた。丘と丘の間にある道の先を、じっと見つめる。やがて、呟いた。

「我々は、変わらなければならない」

「だから、王になると？」

「そのための、――だ」

ティグルは混乱した頭で考えた。

自分が今、見ている光景はなんなのだ。

山の奥の神殿で、ガラハッドによって見せられた過去の光景。あのときと同じようなものなのだろう、というのはわかる。だがあのときは、傍に記憶の源泉となるガラハッドがいた。ティグルたちはガラハッドたちの過去を覗いた。

今回は、違う。ティグルは今、馬の傍で馬と並行して飛ぶ鳥のごとく、ふたりの男が騎乗して移動する様子を眺めていた。

自分がまるで、丘陵を吹き抜ける風になってしまったかのような不思議な感覚がある。今の彼は、宙を漂ってはいるがそこにいっさいの自由はなく、木の葉のように風に弄ばれ舞い続けるような存在であった。

――アルトリウスが、ずいぶん若いな。

今、見ている景色の中で、アルトリウスは小柄な少年だった。ボールス卿がティグルと同じくらいの年齢に見える。少しだけ流れ込んできたアルトリウスの感情から察するに、ふたりは幼馴染なのだろう。

ふたりの会話からして、まだ正式に王となったわけではないようだ。

いずれは王と円卓の騎士として、主従としての関係に変化するふたりである。彼らこそがアスヴァール島を統一することを知っているティグルとしては、先のやりとりも、だいぶ感慨深いものがある。

――パーシバルの名前も出てきていたな。

ティグルたちが倒したあの男も、こんな頃から仲間だったのだ。まだ円卓の騎士という名前もなく、アルトリウスが王になるかならないか、という頃から、彼らはこうして意気投合し、団結していた。

もうひとつ、気になることがある。

少年の姿のアルトリウスは、二本の短い剣を帯刀していた。鞘の中で刃の色はわからないが、柄の部分の色や装飾には見覚えがある。何せ、ティグルの相棒が常に携帯している一品なのだから。

――双紋剣だ。

そう、アルトリウスが腰に下げた二本の短い剣は、見間違えようもなくリムの双紋剣だった。彼女が湖の精霊から授かった武器を、どうして若き日のアルトリウスが持っているのか。

――そういえば、俺たちは以前の双紋剣の持ち主について何も知らない。

あれほどの武器だ、リムが初めての使い手ということもあるまい。しかしリネットすら、その名を知らなかった。双紋剣という言葉はティグルが善き精霊モルガンから聞いたものであり、ティグルも彼女に対して、それが本当にあの双剣の名なのか、はっきりと確認を取ったわけではない。ひょっとしたらそれすら本来の名前ではない可能性は充分にある。

いや、善き精霊モルガンがそのようなごまかしをする意味はないだろうから、おそらく本当の名前なのだろうが……。

――アルトリウスが双剣の使い手だった、という伝承は残っているんだろうか。

ギネヴィアやリネットにきちんと聞いてみたかった。ティグルは始祖アルトリウスの伝承について通り一遍の知識しかない。

アルトリウスがアスヴァール島を統一するまで、この島は群雄割拠の状態が続き荒れ果てていたという。だが具体的にどんな勢力がいて、どんな王がいて、どれだけの軍隊がどう戦っていたのか、そういう話はとんと聞いたことがなかった。リムなら知っているのだろうか。ギネヴィアたちは、どうだろう。

――リエンス、と言っていたな。当時の王のひとりか。

心の中の羊皮紙にその名を刻む。


場面が変化した。

会戦だ。両陣営合わせて数百人がぶつかり合っている。大半は革鎧に長槍の兵士たちだが、十数名、金属の鎧に身を包んだ騎兵もいる。その騎兵たちは歩兵の間を動きまわりながら間合いを計りあっていた。

「ややあ我こそは──」

さっきの場面と同様に若いアルトリウスの近くで、鎖帷子《くさりかたびら》に騎兵槍を構えた髭もじゃの男が名乗りを上げる。

「俺が参ります」

アルトリウスの傍の騎兵が進み出て、同じく槍を突き上げ、名乗りを上げた。

パーシバル卿だった。なんとかの丘のパーシバル、という名乗りだ。

──やっぱり、この頃はまだ、円卓の騎士を名乗ってはいなかったんだな。

風のようにその光景の中を漂うティグルがそんなことを考えているうちに、名乗りあった双方が騎馬で突撃した。周囲の兵士が慌てて逃げ、突撃の空間をつくる。双方がぶつかり合う鈍い音が響いた。

パーシバル卿の槍は相手の騎兵の胸を貫き、男は落馬する。男の馬だけが遠くまで走っていった。鎧袖一触《がいしゆういつしよく》、とはまさにこのことである。パーシバル卿は馬上で高らかに槍を掲げ、雄たけびをあげた。

「パーシバルだ！　パーシバルの野郎が勝ったぞ！」

味方の兵士が喝采《かつさい》をあげた。アルトリウスはここぞとばかりに攻勢に出るよう命じる。戦とは勢いだ。ひとたび均衡が崩れれば、流れを覆すのは難しい。敵軍が押され始める。

流れを押しとどめようとする敵軍の将が声を嗄《か》らして叫ぶ。その男に近づいていったのは、ボールス卿だ。ボールス卿は邪魔な敵兵を巧みな馬捌きで避けてするすると敵将との距離を詰めると、剣のひと振りでその首を刎ねてみせた。

　形勢は決定的となり、敵の兵士たちは雪崩を打って逃走を開始した。アルトリウスは追撃の命令を下す。敵兵が次々と討ち取られていく。

　見事な勝利だった。兵力はほぼ互角かアルトリウスの側が少ないくらいだったが、騎士の質の差が勝敗を分けた形である。

　後の歴史を知るティグルからすれば、民からの信仰の対象となる円卓の騎士が数名いる時点で、ただの騎士では相手にならないのも当然、といったところであるが……。

　この頃はまだ、後世で円卓の騎士と呼ばれるパーシバル卿やボールス卿も無名の騎士に過ぎないのだろう。アルトリウスはまだ駆け出しの小勢力を治める少年の王に過ぎず、その動員兵力もせいぜいこの程度だったのだ。

　──俺の故郷のアルサスだって、無理をすればもっと兵を出せる。騎士の数を揃えることは難しいが……。

　貧乏なヴォルン伯爵領では馬と金属鎧を相応の数用意することなど金銭的に不可能だった。

　何より、これほどの将がいない。アルトリウスの周囲は、羨ましいほどに人材が豊富であった。後にアスヴァール島を征服することになる最強の軍勢の基盤は、このときすでに完成していたのだ。

ひとつ、残念だったことがある。今度こそアルトリウスの戦いぶりを見られるかと思ったのだが、配下の将だけでカタがついてしまったため、彼は双紋剣を鞘から抜く機会すらなかったのである。

「陛下はそれでよろしい。これから先、鎧を血で汚すのは我々だけで充分です」

パーシバル卿が、小柄なアルトリウスの肩を叩いて呵々と笑う。アルトリウスは「痛い、痛いぞ、パーシバル」と少し迷惑そうに彼の手を払いのけた。苦笑いしているものの、どこか嬉しそうである。どんな村でも見られる、若者たちの手荒くも素朴な愛情表現だ。

ティグルと同年代やもっと年下の人々が、ごく自然に笑っている。後に円卓の騎士と呼ばれ神聖化される仲間と共に。これが、後にあれほどの偉業を為す者の素顔なのか。

「あー、陛下。後片づけは俺たちに任せて、陛下は城にお戻りください」

ボールス卿がやってきて、そう告げた。

「あの方をお待たせしては、俺たちが馬に蹴られて殺される」

「ああ、まったくだ。あの方に関しては、怒られるならともかく、さめざめと泣かれてはな……」

パーシバルが肩をすくめた。

「王を取らないでくれ、寂しい、王に会いたいと切々とした手紙を頂いたときは、さすがに参った」

「あいつめ、そんなことを……。わかった、よく言っておく」

「彼女を叱るのはやめてください。いや、本当にやめてくれよ。それこそ無粋だ。あんたはもう少し、婚約者を大切にした方がいい」

パーシバル卿が「あの方」を思い出してか縮こまっている。途中で言葉遣いまで素に戻ってしまった。まだ、かしこまった態度に慣れていないのだろう。

話の流れで、ティグルは理解した。彼らは将来の王妃のことを話しているのだ。

王妃ギネヴィア。その名は以後のアスヴァール王室に連綿《れんめん》と受け継がれ、ティグルのよく知る王女ギネヴィアもそのひとりである。

アルトリウスは、わかったわかったと手を振り、ため息をついた。彼としても思うところがあるらしい。

「婚約してからこのかた、各地を転戦して休む暇もなかったからな」

「仕方がねぇさ。王自らが出なければ、兵士がついてこない。だがね、それも潮時でしょうや。これだけ諸侯を叩いてみせれば、そろそろ……」

ボールス卿の言葉に、アルトリウスがうなずく。

「恭順《きょうじゅん》するにしろ、敵対するにしろ、動きがあるはずだ。俺……いや、わしが城に戻って使者を待つ。吉報を待つがいい」

ボールス卿とパーシバル卿は馬を下り、地面に片膝をついて頭を下げた。アルトリウスは、うむ、と大きくうなずき……。

　それから、三人で笑い出す。

「慣れないな、こういうのは」

「慣れてくだせぇ、陛下。ガウェインの兄貴が率先してやっているんだ、俺たちもせいぜい、頑張ってみせるさ」

「ああ、わかっている。……これからも、頼むぞ」

「無論だ、陛下」

　三人はかたい握手を交わしたあと、互いに背を向けて、別れる。

　アルトリウスは少数の騎兵を供につけて東へ。

　ボールス卿とパーシバル卿は残りの歩兵を連れて、西へ。

　いい仲間たちだ。ティグルは心から思った。

　今、見ている出来事は本当にあったことなのだろうか。先日のガラハッド卿との一件から鑑みるに、事実なのだと思うが……あのときと違い、きっかけがわからない。どうして自分は、三百年前のアルトリウスたちを覗き見しているのだろう。

　そういえば、と思い出す。ガラハッド卿のときは、ティグルと同じ光景を、同じ場にいたリムとギネヴィアも見ていた。ティグルと共に、ケットがいた。今回、ギネヴィアはいないが、リムとケットはすぐ傍だったはず。そのあたりは、どうなのだろう。

「リム？　リム、いるか？　ケット？　君は今、俺の傍にいるのか？」

声を出そうとしてみたが、それは音にならなかった。考えてみれば当然か。あのときと違い、今のティグルには身体がない。いや、身体を意識できない、といった方が正しいだろうか。不思議な知覚でアルトリウスたちを認識できるし音も臨場感がある。少しだけだが、アルトリウスの感情すら伝わってきた。しかし、それだけだ。

——あのときと似ているようで、違うのか。

だとしても、アルトリウスについて知ることができるとしたら、これは極めて有用なことだ。無理に脱出しようとするなら左手の小指にはまった緑の髪の指輪に祈るなり、黒弓を使うなり、相応の方法はあるような気がするが……。

いつまで続くかはわからないが、ティグルはこの特異な現象に身を任せることにした。

ひょっとしたら、彼らが蘇った目的であるという、魔物という存在についてもわかるかもしれない。アルトリウスの目的と、現在の行動、それが意味することについても探れるかもしれない。

情報が足りない、とはリネットの言葉であった。少しでも情報が欲しいのだと。ティグルひとりでは解き明かせぬ謎であっても、彼女たちにひとつふたつでも可能性を提示できれば、それが突破口になる可能性は充分にある。

また、場面が変わった。

城とは名ばかりの粗末な木造の壁に囲まれた砦。そこに数名の騎兵と共に戻ったアルトリウスは、銀髪の小柄な少女に出迎えられた。

アルトリウスが馬から下りるや否や、その女性が胸もとに飛び込んでくる。小柄な少年王は、女性をしっかりと抱きしめてみせた。

「ギネヴィア」

アルトリウスがそう呟くとほぼ同時に、つま先立ちした少女によってその唇が塞がれた。まわりの騎士たちが礼儀正しく視線を逸《そ》らす。

——あの子が、将来の王妃か。

銀色に輝く長い髪をはじめ、ティグルの知るギネヴィア王女とは顔のつくりも何もかも、まったく似ていない。年齢のせいもあるだろうが背は少年期のアルトリウスより頭ひとつ低く、ティグルの知るギネヴィアと比べて、身体つきもひどく未熟だ。歳は十二か三か、それくらいだろう。アルトリウスの年齢もティグルより下の十四か五だから、年齢差はちょうどいいくらいかもしれない。

幼い少女ではあったが、アルトリウスを見つめるその表情は妖艶で、蠱惑的《こわくてき》だった。

もう一点、気づいたことがある。ギネヴィアの左手の小指に、ティグルと同じ緑の髪の指輪がはまっていた。

――あれは……この人も、モルガンと関係があったのか？

「待っていたわ。ずっとずっと、あなたに恋焦がれて、窓の外の空を眺めていたわ。この鈍色《にびいろ》の空のどこかであなたが戦っていると知っていた。妖精たちが無事を教えてくれた。だからって不安でたまらないこの気持ちは、抑えようがなかった。あなたを想って、手紙を書いたわ。でも全部、焚火に投げ入れた。あなたを困らせたいわけじゃないの。でも、あなたを求めて求めて、その気持ちが止まらなかったの」

しかしパーシバルに書いた手紙は、彼に届いたようだ。王の側近を困らせるのはアリだったらしい。

「待たせてしまったね、愛しいギネヴィア」

アルトリウスは短くそう告げると、今度は彼の方から顔を近づけ、少女の唇を塞いだ。

はっと目を覚ますと、ティグルは神殿の苔むした床に倒れていた。部下の若者たちが心配そうに覗き込んでいる。横を向くと、やはり仰向けに倒れていたリムがうっすらと目を開けた。

「アルトリウス」

リムの唇が、言葉を紡ぐ。

「あなたに、恋焦がれて……」

彼女らしくない、その言葉を。

瞬間、ティグルは理解する。あの光景を、彼女もまた見ていたのだと。ただし自分と違い、彼女はギネヴィアの傍にいたのだろう。ひょっとしたら、ティグルよりもずっとあの素朴な少女に入り込んでしまったのかもしれない。

胸が張り裂けそうなほど痛んだ。ティグルは反射的に、リムの右手を握った。強く、かたく。彼女が離れていってしまわないよう、力いっぱい、ぎゅっと握った。

リムが、はっとわれに返ってティグルの方を見る。

「私は……」

とっさの行動だったのだろう、リムは自分の唇にそっと左手の指を当てていた。ティグルとリムは、じっと見つめあう。

「ティグルヴルムド卿、私はもう大丈夫です」

「すまない、リム。痛かったか」

「いいえ。でも、助かりました」

ティグルは安堵《あんど》した。ふたりは手を離し、立ち上がる。

イオルたちによれば、神殿の奥に行ってしまったことに気づかず会話していた彼らだが、子猫のケットが騒がしく鳴くためどうしたのかと振り向き、そこでようやくこちら側の異常に気づいたのだという。暗がりでティグルとリムが倒れ伏し、その前でケットが慌てて跳ねまわっていたのだと。

　ふたりの肩を何度か揺すったところ、先にティグルが、続いてリムが目を開いた。

「迂闊であるぞ、下僕。神々の気配に敏感なのは結構であるが、気配にあてられ生と死の狭間を彷徨うのは親切が過ぎるというものであろう」

「親切って、誰に対してだ」

「すでに信仰を失った神々とて、貰えるものがあれば貰うというものである。下僕よ、お主が命を捧げるのであれば、それはあの方に対してであろう。順序を考えよ」

　ティグルはケットを抱き上げ、緑の双眸《そうぼう》をじっと見つめた。

　――俺たちは、死にかけていたのか？

　何と返事をすればいいのか、わからなくなる。いや、そもそもこうして子猫と会話しているところは、他の者から見ればひどく滑稽《こっけい》であろう。

「ティグル様、どうしたんですか。頭を打ったんですか」

　案の定、若者たちが心配そうに声をかけてくる。ティグルは大丈夫だと首を横に振った。ため息をこらえる。指揮官が部下の前でため息をつくのは信頼を失う行為だ、と以前リムに咎められたことがあった。

「ちょっと考えなければならないことができた。周囲の見張りを頼む」

　そう言って、彼らを神殿の外に向かわせる。部下とのやりとりの間、黙っていたリムが口を開いた。

「ティグル。その子猫と、どのような話をしたのですか」

「猫の王様がおっしゃるには、俺と君は危うく神への生贄となるところだったみたいだ」

リムは怪訝《けげん》な表情になった。

「先ほどの光景を、ティグル、あなたも見たのですね。それが……生贄だと？」

「そのあたりは、よくわからない」

ケットに、自分たちの見た光景を語ってみせた。どう解釈すればいいのかと。

「どうもこうも、あるまい。下僕たちはこの地に眠る記憶を想起させただけである。力の行使には代償が必要だ。特段、不思議なことはあるまい」

まったくもって不思議だらけだった。ティグルたちが普段見ている世界とこの子猫が見ている世界があまりにも違いすぎるということだろうか。

自分は、この子猫と言葉を交わすことで相互理解を深めているような気になっているだけで、本当は両者の認識に巨大な溝が横たわっているのではないか。ひょっとしたら、我々ヒトが認識している世界などほんの一面にすぎず、ケットの語るそれこそがより真実に近いのではないか。そんな、漠然とした不安を覚えてしまう。

「まあ、それはそれで、いいとしましょう」

リムはその話題を続けることを断念したようだった。ティグルとしても、その方が助かる。

彼ら精霊の眷属たちの世界は、容易に踏み込んではいけない領域があまりにも多すぎるような気がしてならない。

「ティグル。あなたは、アルトリウスの腰の剣を見ましたね」

「ああ」

ティグルはリムの腰を見た。彼女がベルトに差した双紋剣は、アルトリウスの帯剣していたものと同じなのではないか。

「でも、実際に剣を抜く場面は見ていない」

「そうですか。実は……ギネヴィア、あの銀髪の少女は、こう言っていたのです。『母がくださった双紋剣は、彼を守ってくださるでしょうか』と」

ティグルは目を瞠《みは》った。リムはちいさくうなずいてみせる。彼が受けた衝撃を、そのとき彼女も体験したに違いない。そのひとことには、あまりにも多くの示唆《しさ》があった。

「アルトリウスの王妃ギネヴィアが、双紋剣のことを『母から貰った』と言ったんだな」

念を押す。リムは首肯《しゆこう》し、「城で婚約者アルトリウスを待つ彼女は、城の他の人々と違い、どこか浮世離《うきよばな》れしているというか……そう、まるで我々には見えないものが見えているようでした」ともつけ加える。

「彼女はアルトリウスと再会したとき、妖精がどうのと言っていたな」

「少女特有の夢見がちな戯言《ざれごと》と思いたいところですね」

「どうだろうな」

例えば、とティグルは腕の中で呑気《のんき》にうたた寝を始めた子猫を見つめる。ここに一匹、精霊や妖精の世界の住人がいる。そういったものは、ティグルたちが想像するよりずっとありふれているのかもしれない。あるいは三百年前であれば、今よりもずっとありふれていたものであった可能性もある。

「私が出会った湖の精霊と三百年前の王妃ギネヴィアの間に何らかの関わりがあり、双紋剣をアルトリウスが持っていた。加えてギネヴィアは、左手の小指に……」

彼女はティグルの左手を見る。そう、その一件もあるのだ。ティグルが善き精霊モルガンから頂いた、彼女の加護の証。緑の髪の指輪。ギネヴィアもまた、それをはめていた。

「三百年前のことで、俺たちの知らないことが、まだいくつもあるんだ。知らなければいけないことが」

ティグルは決意を固めた。直感で、それが必要なことだと理解したのだ。ならば、あとは知るための努力をするだけである。幸いにして、その方法はすでに示唆されていた。

「ケット、起きてくれ。少し話を聞きたい」

腕の中の子猫を何度か揺する。ケットは、不機嫌に鼻を鳴らした。

「近くの川で魚を獲ってやるから」

「三匹だ。二匹ではまかりならぬと心得よ」

ケットはぱちんと目を覚まし、つぶらな瞳でティグルを見上げると、可愛らしい鳴き声を出した。

なんとも物欲に弱い王様だ。川には部下たちを派遣するとしよう。彼らも猫の世話で、川魚を獲るのにだいぶ慣れてきている。

†

ケットが語るには、ティグルとリムが見た光景は、神々の力の残《のこ》り香《が》のようなものであるらしい。この地の神殿に残っていたその力は、もう完全に消え散ってしまったとも。

「その力があれば、俺たちは過去の光景を見ることができるかもしれない。三百年前の光景を見たければ、他の、その……残り香を探せ、ということか」

ティグルはケットの話をまとめた。行動の指針ができたように思う。

「失われた神々の神殿について、イオルが何か言っていたな」

彼の故郷の近くにもこれに似た建物があったという話だ。あいにくと、イオルたちの故郷である西の高原地方は、偽アルトリウス派の支配地である。

「あの始祖アルトリウスが、双紋剣を使っていた。私としては、彼がどこまでこの剣を使いこなしていたのか、とても気になるのです」

リムは腰の双剣の鞘を撫でた。彼女はモードレッドとの戦いで、この剣の力を今まで以上に引き出してみせた。もっと先がある、と感じているという。

円卓の騎士アレクサンドラと戦うためには強くならなければならない、ともこぼしていた。

以前、彼女と剣を交えたリムは、満足に打ち合うことすらできなかった。相手に手加減された上で、ティグルや戦姫ヴァァレンティナ、ギネヴィアの助けを得て、辛うじて撤退させることに成功した。同じ手がもう一度通用するような甘い相手ではないと、他ならぬリムが誰よりもよく知っている。

アレクサンドラも次は最初から本気で来るだろう。だからこそ、強くならなければならない。故郷に戻るために。ティグルを守るために。リムはかたくそう誓っている。過去の始祖アルトリウスが持つ双紋剣は、その突破口となりうる情報になるだろう、と期待できた。

ティグルとしても、双紋剣のことは気になる。始祖アルトリウスがどういう人物だったのかということについても、知ることができるなら知っておきたい。加えて……。

「魔物の情報が手に入るかもしれない」

ティグルは考える。

「俺たちは未だに魔物という存在のことをよく知らない。戦姫ヴァレンティナは、以前からそういうものがジスタートやブリューヌに潜んでいると知っていたようだった。王家の中枢やそのまわりに魔物がいるかもしれない、とすら言っていた。猫の王は、当然のように、それが人を苦しめて殺す存在だと理解していた。魔物というものがアルトリウスや円卓の騎士たちが蘇った理由に関わっているようだ。魔物について知ることは、アルトリウスたちについて理解を深めることになる気がする」

絶好の機会だと思った。アルトリウスとギネヴィアの過去を辿ることで、自分たちに致命的に欠けている情報を補うことができるかもしれない。ひょっとしたら、それがこの膠着《こうちゃく》した戦局を打破する可能性すらある。

そのためにはイオルたちの故郷の村の近くまで遠征する必要がある。高原地方はペナイン山脈の西側で、主戦場からは遠く離れている。ティグルは現在、将軍としてギネヴィア派をまとめる立場にいた。長期間、軍を離れる場合、相応の懸念を検討しておく必要があるだろう。

「兵士の救助については、ある程度の目途がつきました。軍団の再編制には予定よりも時間がかかるでしょう。私たちでも手伝える仕事ですが、絶対に私たちがいなければ駄目という仕事ではありません。敵の領地とはいえ、少数で行動するならば敵軍に見とがめられる危険も少なくなります」

もっとも、とリムはつけ加える。

「身勝手な行動は、殿下のお心を痛めることとなるでしょう。リネット様も、さぞ心配なさるかと」

「そうだな。殿下なら絶対についていきたがる」

ティグルはリムの言葉の裏を正確に翻訳した。

「リネット様のご兄弟にも世話をかけてばかりだ。俺たちの行動が、公爵家の更なる負担となる可能性は高い。たとえば、偽アルトリウス派の軍勢がこの機に乗じて北上する可能性は、どうだろう」

「竜殺しの不在を察知されれば、可能性はあります。ですので、くれぐれも行動は隠密に、素早くを是といたしましょう。未だ軍勢の規模ではこちらが上です。偽アルトリウス派には、今、そのような賭けに出る必要がありません。もう少し時間を稼げば、大陸の軍勢をこの島にまわすことができるのですから」

リムの言葉は道理であった。時間を稼げば有利になるとわかっていて、乾坤一擲《けんこんいってき》の大博打を打つ必要などない。ただの刹那的快楽主義者である。

諸侯を束ねることに苦労しているギネヴィア派においては、いささか目先のことしか考えない者たちが幅を利かせていた。その者たちに手綱を握らせてしまった結果が、先の手痛い敗戦である。

一方、偽アルトリウス派は始祖アルトリウスを名乗る者の強権の下、一致団結している。リムの読みが外れる可能性は少ないと考えられた。敵が強大であることには利点もあるのだ。

「とはいえ、これは現在、私たちが把握している情報の中での推論です。あの蘇ったアルトリウスという存在が何を考えているのか、その情報があまりにも少ない」

敵の行動が読みやすいとはいっても、こちらの把握していない事態が発生し、その結果として想定外の動きが発生する可能性は常にある。

「故にこそ、情報が欲しい。アルトリウスを名乗る者が、円卓の騎士たちが、どのような情報と思想を持って動いているのか、それを知ることが肝要、と……リネット様であれば、きっとそうおっしゃることでしょうね」

確かにその通りだな、とティグルは考えた。

リネットは、このところ常に、情報の不足を嘆いていた。

ほんの半年前まで、彼女が戦う相手は社交界でよく知る者たちばかりであったという。その素性も、性格も、相応の労力をかけて調査すれば判明した。彼女はその上で情報戦を仕掛ければよかった。今回の戦いは、まったく勝手が違う。調子が狂って仕方がない。専門外の案件については自分が必要以上に関わらない方がいいだろう、とリネットは語る。

「不用意に態度を保留している貴族を説得しに赴いたら円卓の騎士とはち合わせてしまいましたからね。万一、彼らが好戦的であれば、と思うと、今でもぞっとします」

アルネ子爵領からデンの町に帰還する途上での言葉である。

リムもそういった点について思案したのだろう。口もとに手を当て、しばし沈黙した後、顔をあげてティグルと視線を合わせた。

「先ほどあなたも言っていた通り、神殿で過去の光景を見るという行為には命の危険もあるようです。私は、私の目的のために危険を冒してみせましょう。ですが、ティグル、ギネヴィア軍の中心人物であり、替えが利かない立場であるあなたは……」

「当然、俺もつきあうよ。ひとりよりふたりの方が、情報も得られるだろう。それに、替えが利かないのは、リム、君も同じだ」

ティグルは笑ってみせた。この件については、それで終わりだ。

「森の東に戻って、殿下に伝令を出そう。その後で、馬を用意して森を西に抜ける」

地図によれば、この森はペナイン山脈の西側まで広がっている。森を抜けることも不可能ではないようだ。とはいえ、今は長旅の準備が手元にない。メニオやイオルたちとも話し合う必要がある。

「殿下やリネット様には迷惑をかけるけど、伝令の帰還を待たずに西へ出発することになると思う」

リムはうなずいた。結局は独断専行、それも供の者もつけずの無茶な旅となる。それでも彼女は、その道を選んだ。

いずれは円卓の騎士アレクサンドラとの決着をつける必要があるのだ。


ティグルたちは一度、森を東に抜けて仮の拠点としている村に戻った。出迎えた部下たち、特に事務処理を一手に担う中年のメニオと情報を共有する。

「ティグル様が高原地方に赴くのですか」

メニオは少し迷うようなそぶりをした。

「確かに、イオルたち三人の故郷ですが……」

つい先日、ティグルの直属の部下になったメニオたち四人は、アスヴァール島の西方、高原地方の出身である。羊飼いの村であり、メニオ以外の若い三人は水利権を争って負けた側の村人の息子たちだった。あらぬ罪を押しつけられた両親は縛り首となり、村には彼らの居場所がなくなってしまったのだという。

そんな場所に若者たちが戻ることに、三人の隊長であった彼が難渋《なんじゅう》を示すのも道理であった。ティグルとリムも、最初、村の場所だけ教えてもらってふたりだけで赴くつもりだったのである。しかし……。

「イオルたちが望んだんだ」

ティグルはメニオに告げた。そう、三人の若者は、もう一度だけ高原の大地に戻りたいと願ったのである。

「俺たちはあっちでは色々あって追い出されたようなものですし、戻ってどうこうってわけじゃありません。それに、村じゃどっちの軍とかそんなこと、誰も気にしませんよ。兵隊に行ったのだって、出稼ぎか何かと同じだと思っているでしょう。羊飼いにとって重要なのは羊に関することだけで、外の人たちが何をしようが知ったことじゃないんです」

そういう彼らも、この歳になって村の外に出るまで、そういった価値観を当然のものとして暮らしていた。

「村では、羊の毛を上手に、手早く刈り取ることより重要なことなど何ひとつとして存在しなかったんです。それが当然だと思っていました」

とのことだ。村を出て、とても衝撃を受けたと語ってみせる。

「メニオ隊長が教えてくれたんです。村の外には村の中とは違う考え方があって、むしろそっちの方がたくさんの人に支持されているって」

メニオは一度、村から出て兵士となり、その後に教育を受けて村に戻ったという特殊な経歴の持ち主だ。そんな彼だからこそ、村で居場所がなくなった若者たちに、村の外にも世界があることを教えてやりたかったのだろう。だからといって若者たちと一緒に軍に入ってしまうのは、ちょっとどころじゃなくお人好しである。

軍から脱走した後もメニオが彼らを導き、若者たちはティグルに発見されるまで生き延びることができた。

ティグルたちは山狩りで彼らと出会い、彼らがとても素直に降伏したことで、今、こうして部下として働いてもらっている。

若者たちは「ご飯をたっぷり食べられるし、訓練も労働も羊飼いだった頃より楽だし、感謝の言葉もありません」と喜んでいる。実際、彼らは当初痩《や》せ細っていたし剣や弓の腕はさっぱりだったとはいえ、体力だけは一人前だった。野宿することも、森の獣道を延々と歩くことも苦にしていなかった。おかげでティグルとリムに追従できている。地方の村における厳しい暮らしぶりが窺《うかが》えた。

結局、イオルたち三人がそこまで言うなら、とメニオは納得し、ティグルに一枚の地図を差し出した。

「狩人の使う森越えの道を調べておきました。三日で森を抜けられるはずです」

今回の敗残兵捜索に際し、金を出してあちこちに手をまわすよう彼に命じていたのだが、ついでにとばかりにそこまで調べてくれたらしい。

「あと、こちらはギネヴィア殿下からの委任状です。ティグル様には殿下の代理として交渉する権限が必要だと、リネット様が送ってくださいました」

「リネット様が？」

「敗残兵を救助するに際して、広い範囲で動くなら必要になるかもしれない、と」

中年の男は朗らかに笑う。

「ティグル様の行動範囲は予想の三倍まで見積もっておいてちょうどいい、とのことです。流石はリネット様ですね。勉強になります」

「いい教師を持ったな」

「あまりに自由が過ぎるようなら、お説教が必要かもしれませんね、ともおっしゃっていました。なるべくフォローはいたしますが、帰ったら覚悟しておいてください」

本当にメニオはいい教師を持った。ティグルは嘆息した。

なお、彼の教師たるリネットは以前、ティグルからメニオを引き抜こうとした。優秀な文官はひとりでも多い方がいい、とのことである。ティグルは懸命に抵抗し、引き抜きを阻止した。人材獲得は仁も義もなき戦争だ。

ティグルとしても、もはや彼なしでは仕事がまわらない。

「私は天涯孤独の身の上です。村を出たのも、家族を皆、失ったからなのですよ。今更、あの村に未練は残しておりません」

とはメニオの言葉である。

その彼は今回、留守番である。当然だ。救助した兵士たち、自分の足で逃げてきた者たちの治療や再編制、北から応援に来る部隊との調整、急ごしらえの陣地構築。敵軍が足を止めているとしても、やるべきことは山ほどある。

よって西方に遠征するティグルとリムにつき従うのは、三人の若者たちだけであった。アルネ子爵領からの帰路、ティグルとリムがつきっきりで馬上訓練を行い、その後も何度か転げ落ちながら全身痣だらけになって練習を続けた結果、三人とも、おとなしい乗用馬であれば何とか乗りこなせるようになっている。

乗りこなせる、といっても平時にだく足で駆けることができる程度であり、体格がよく気性が荒い軍馬に乗って戦時の手綱さばきが行えるようになるには、まだまだ遠い。ティグルについて戦場に出るにはティグルについていける軍馬を乗りこなして欲しいところであるから、今後も頑張って欲しいところだった。

イオルは地図を見て、自分たちが生まれ育ち、羊を連れて歩きまわった世界はこんな風になっていたのか、と感嘆の声を漏らしていた。生まれて初めて、自分たちの地方の地図を見たのである。地図は、特に詳細なものは貴族たちだけが持つ軍事情報の塊だから、仕方のないことだろう。

「森を出てから村まで二日ほどですね。丘の稜線を覚えていない羊飼いなんていません。案内は任せてください」

現地で生まれ育った者たちの保証である、なんとも頼もしいことだ。

†

ティグルたちが敗残兵の救助を行っていた、その同日。

ギネヴィア派に占拠されていた町を解放した円卓の騎士サーシャは、新たに編制された追撃部隊には加わらず、略奪され破壊され尽くした町の復旧作業に携わっていた。

陣頭指揮を執ると同時に糧秣《りょうまつ》を開放して生活の糧を失った住民に対する炊き出しを自ら行った。彼女自身が負傷者に包帯を巻き、ひとりひとりの言葉に耳を傾けた。

「円卓の騎士様が、下々の者ひとりひとりに心を砕いてくださる。こんなに嬉しいことはございません」

しきりに、そう感謝された。

「そもそもこれは、円卓の騎士様が自らなさることではありません」

と忠言する者もいたが、サーシャは笑顔でそれを退ける。

「僕は昔、ひとりの村人だった」

「それは、円卓の騎士になる前……いえ、もっと以前のことでしょうか」

「君も知っての通り、僕は昔、戦姫だった。でもその前は、一介の村人に過ぎなかった」

サーシャは炊き出しの列を整理しながら、この身体になる前のことを思い出して、アスヴァール島ではおなじみの鈍色の空を仰いだ。

病弱だったあの頃の自分は、今よりずっと生きているという実感を持っていたように思う。健康なこの身体を得て、アレクサンドラは何を失ったのだろう。こうして人々に触れあっていると、当時の己を少しでも思い出すことができるように思うのだった。

アルトリウス派の宰相ダヴィド公爵は、狩人を中心とした追撃部隊の指揮を執るため、町より北側に陣を敷き、そこに常駐している。

「宰相閣下が指揮官とは贅沢の極みだけれど、これはダヴィド公爵から言い出したことだからね。僕が町を見守る方が、民は安心するということだ」

そう言われては、騎士たちもそれ以上反論できない。

サーシャは、数日、仕事に没頭した。

そんな折、王都コルチェスターからの使者が来た。鉄兜をかぶった黒ずくめの鎧の男だ。裁定の使者と呼ばれ恐れられている、アルトリウス直属の騎士たちのひとりである。

「陛下より、新たな任務に当たるようにとのご命令です」

裁定の使者は封筒に入った指示書を手渡してきた。

封を開いて中を読めば、アスヴァール島の西方の高原で異常事態が起こっているという。円卓の騎士アレクサンドラは、これに対処せよ、とのことであった。己ひとりでは手に余ると考えた場合、即座にアルトリウスに連絡するようにとも。裁定の使者はサーシャの手元に置き、伝令役として用いるように、ともある。

不思議な命令だった。前線の指揮官であるサーシャに対して、いつ敵軍が攻めてくるかわからない今、辺境に赴けというのがまず尋常ではない。サーシャをもってしても手に余る事態、というものをアルトリウスが想定しているらしい、ということも不思議なことだ。

「異常事態とは具体的に何だろう」

「最初は羊が消え、牧羊犬が奇妙な死体で見つかりました。次第に被害が拡大し、羊飼いやその家族が失踪するに至り、領主に救援が要請されました。しかし領主の手勢が調査の兵を送ったところ、兵士たちは跡形もなく失踪してしまったのです。ここに至り、領主は陛下に助けを求めました。陛下は円卓の騎士アレクサンドラが対応するべきだと判断されました」

確かに奇妙な話だ。だが、その案件をサーシャに振るというのが何より奇妙である。

「なぜ、僕なのだろうか」

「万一の場合、円卓の騎士アレクサンドラ、あなたでなければ対応できない脅威が存在している可能性があるからです」

「その万一とは何なのか、説明して貰えるかな」

裁定の使者は簡潔に説明した。

「確かに、それは僕が行くしかなさそうだ」

翌日、サーシャは自前の騎士十名と裁定の使者を連れ、西に旅立った。

第２話　高原地方

アスヴァール島の中央を縦に割るペナイン山脈は、その奥地に竜が潜むと伝えられ、未だ前人未到の地が多い一帯である。ペナイン山脈の南部には深い森が、東部には平原が、西部には高原が広がっている。

この西部高原地方は古くから牧畜が盛んで、多くの羊飼いたちが独自の文化を築いていた。彼らは閉鎖的で、領主の権力をものともしない気高さと気難しさを併せ持っているという。

この地方では始祖アルトリウスは自分たち羊飼いの出であった、という独自の伝承もあり、いくつかの村では羊飼いの王たるアルトリウスを信仰している。

なお、蘇ったアルトリウスに対して、わざわざ現地の信仰を伝えた領主もいたという。

初春のこと。

「このような邪な信仰は排除するべきでありましょうか」

そう訊ねた領主に、アルトリウスは面白そうに笑ったあと「好きにさせればよいではないか。昔を思い出す。彼らはいつの時代も変わらないのだな」と返事をしたらしい。

リネットは、こういった話を積極的に収集し、分析しているようだった。

「敵対する貴族の性格を知ることは、彼らの出方を想定するための基礎です。始祖アルトリウスを名乗る人物は、思った以上に鷹揚《おうよう》な性格の持ち主なのですね。アスヴァール王家に対する苛烈《かれつ》な態度とはひどく対照的です。この対応の差にどんな意味があるのか、私はとても気になっています」

彼女はそう言って、ティグルに意見を求めてきたものである。ティグルも少し考えてみたが、「よくわからない」という返事しかできなかった。

「リネット様にはお考えがあるのですか」

ちょうど書類を届けに来ていたリムが訊ねる。

「いくつかは」

リネットは考えをまとめるように、人差し指を唇に当て、つんと顎をそらして天井を見上げてみせる。

「例えば、そうですね。始祖アルトリウスを名乗る人物が、本当に羊飼いの出身であり、現在アスヴァール王家に伝わる伝説のほとんどは彼の死後の捏造《ねつぞう》であるとしたら……そして、彼がそういった自らの神聖化を望まなかったとするなら、いかがでしょう。現在のアスヴァール王家は、彼の尊厳を凌辱した者たちに過ぎないと、彼がそう思っているとしたら」

仮にもギネヴィア派の重鎮が語る言葉ではないが、幸いにしてその場はリネットの執務室であり、ティグルとリム以外に話を聞いていたのはリネットに忠実な侍女や補佐官だけであった。皆、礼儀正しく聞かなかった振りをしていた。主人の性格はよくわかっている、と言わんばか

りに露骨なため息をつく者すらいた。

「だとしたら、俺たちは非常に困った立場になるな」

「今更、困りはしませんよ。アスヴァール王家は数百年に渡りこの島を治め、ゼフィーリア陛下の御世からは大陸に進出すらいたしました。その伝統は、いくら始祖といえど無下《むげ》にしていいものではありません。あえて市井の言葉を使うなら、『一昨日来やがれ』といったところですね」

「市井の言葉を使わないでください」

リムが反射的にそう返した。部屋にいた侍女や補佐官たちが一斉に拍手をした。皆の心がひとつになった瞬間であった。人はわかりあえる。

「くだけた言葉遣いも、親しみやすくする方便として面白いんじゃないか」

ティグルが余計なことを口走ったとたん、リネット以外の全員に睨まれた。人と人がわかりあうことはかくも難しい。

「流石ですね、ティグル様。同じ志を抱く者同士、婚約いたしましょう」

ティグルは全力で前言を撤回した。

それは、さておき。

メニオから預かった地図に従い、馬で深い森の中の細い道を予定通りに三日で抜けたティグルたち五人は、薄霧に包まれた広大な草原に出た。

　霧の向こうに小高い丘が連なっている。その向こう側には高地が広がっているはずだった。高原地方。アスヴァール島の背骨たるペナイン山脈の西側に広がる、広大な牧草地帯だ。

「夏の盛りのこの時期だと、低地の冬村にはほとんど人がいません。どの村も夏村に移動しています」

　イオルは言う。彼らの故郷である羊飼いの村までは、まだもう少しかかるということだ。

「冬村と夏村」

　ティグルは部下の話に驚いた。

「村が移動するのか」

「冬は雪が深いので、高地に住むのは人も羊も辛いんです。たっぷりと乾草を用意して、冬村の羊舎で飼育します。春から夏にかけては、羊たちに充分な牧草を食べさせるために、拠点を夏村へ移します。村中が季節によって移動するのは、うちのあたりでは当然のことでした。村を出た後で知ったんですけど、このあたりの牧畜は他に比べて大規模なんです。羊の数も、村ひとつで千頭以上になります」

「それは、たいしたものですね」

　リムが感嘆の声をあげる。公主代理《アドワール》として数字に詳しい彼女が語るところによると、羊の飼育が盛んなこのアスヴァール島でも東部、北部ではおおむね半分以下から四分の一の規模であるらしい。

「逆に言えば、高原地方はそれだけ、羊の飼育に依存した経済体系であるということです」

その大規模な牧畜の手法は村々で連綿《れんめん》と引き継がれている。彼らは結束して羊を育てて、肉や毛、ミルクといったあらゆるものを活用し、その一部を交易にあてて、共同体では手に入らない必需品と交換する。

故《ゆえ》に、何らかの理由により村の中で権力争いが始まってしまうと、それは凄惨な潰しあいになる。少年たちが村を出るようになった経緯もそうだが、地方の村社会における暗部は貴族社会の陰湿な戦いと同様、どこまでも救いがない。


一行は馬を進めた。

「私には、どこを見ても丘と草原が続いているだけにしか見えませんね」

「ちゃんと今、どこを歩いているかはわかっていますよ。羊飼いたちは年間を通じて広い地域を巡ります。迷子の羊を捜すためには、頭の中に地図がなくちゃいけません」

「イオルは特に、羊を見つけるのが得意だったよな」

「牧羊犬を使わなくても見つけて来たもんな」

若者たちは水を得た魚のように、羊に関する思い出を生き生きと語る。

「下僕に使役される犬どもより、下僕を使役する我らの方が誇り高いのである」

ティグルの頭の上で寝そべるケットが、可愛らしい鳴き声をあげる。なぜか牧羊犬と張り合っていた。猫の王の声は、ティグルに対してだけ意味のある言葉となる。若者たちの耳には甘えたただの鳴き声にしか聞こえていないようで、彼らは相変わらず「ずいぶんと懐かれていますね」と呑気《のんき》なものであった。ティグルとしても若者たちの傍で迂闊《うかつ》に返事をするわけにはいかない。

と——。

そのケットが、びくんとその身を震わせた。ティグルは馬を止め、両手で子猫を頭から降ろす。子猫はつぶらな瞳でティグルを見上げ、可愛らしい声で重々しく鳴いた。

「不浄なるものが来る。下僕よ、地に還せ」

切迫した言葉だった。

——不浄なるもの、って何だ。

ティグルは周囲を見渡す。昼下がり、鈍色《にびいろ》の空のもと、辺りには人影も獣の姿も見えない。

いや、これは……。

「静かすぎる。何で気づかなかったんだ」

いつ雨が降ってきてもおかしくない曇天だった。とはいえ真夏である、馬の上でじっとしているだけで汗がにじむ。なのに見渡す限りの丘と草原に動物や蟲《むし》の姿がひとつも確認できないというのは、実に異常なことだ。

「この子を頼む」

ティグルはケットをイオルに預け、黒弓を構えた。矢筒から三本、矢を抜く。剣呑《けんのん》な雰囲気に、リムが馬を近づけてくる。

「ティグルヴルムド卿」

「リム、皆と一緒に下がっていてくれ」

若者たちは、最低限の剣と槍の扱いができるだけだ。ティグルかリムが守らなくてはならない。今回はリムに任せ、ティグルが前に出ることにした。

馬に拍車を入れ、手近な丘に登らせる。丘の上から周囲を見下ろせば、西の方からやってくる十体以上の人影があった。

――あいつらは、何だ。

皆、歩きながらその身を左右に揺らしている。無手で、服を着ているようには見えない。その肌はどす黒く染まっていた。遠くからでも、彼らが尋常な状態ではないとひと目でわかる。そもそも、あれは本当に人なのだろうか。

「皆、こっちへ来てくれ！」

ティグルは四人を呼んだ。若者たちが馬を丘に登らせるのに苦戦する中、リムは流石の手綱捌きで素早く丘を駆け上がり、ティグルの馬の傍に寄せる。

「気味が悪いですね。人のようでいて、人ではないように見えます」

「リム、どうだ」

どうだ、と言ってティグルはリムの腰の双剣をちらりと見た。彼女はティグルの言いたいことをすぐに察してみせると、双紋剣《カルンウェナン》を抜いた。

パーシバルと戦ったとき、アレクサンドラを相手にしたとき、双紋剣は彼ら蘇った死者たちに対して強い感情のようなものをリムに叩きつけてきたという。今回、もし剣に反応があれば、それはあの得体の知れないものに対して、ひとつの手がかりを得られるということだ。

はたして彼女は、双紋剣の刃を目にしたとたん、ひどく顔をしかめてみせる。

「衝動が……あの人影に対して、猛《たけ》るような感情が流れこんできています。パーシバルたち円卓の騎士に対して感じたものと同じような……いえ、でも少し違うような……」

「だいたいわかった」

いずれにしても、尋常ならざることが起きているのは明らかだった。ティグルは弓弦に矢をつがえ、近づいてくる丘下の人影に向かって放つ。

矢は先頭の人影の足もとに突き刺さった。これ以上、近づくなという警告である。しかし、人影たちはそんなことにまったく頓着《とんちゃく》せず、淡々と歩みを進め、矢を踏みつけてこちらに近づいてくる。現在の距離、およそ二百アルシン（約二百メートル）と少し。

「あの威嚇《いかく》に対してこれっぽっちも動じないとは、たいした胆力……というわけではなさそうだな」

「まるで、攻撃されたことにすら気づいていないようです。にもかかわらず、こちらに向かって、よろめきながらもまっすぐ近づいてくる」

「何でもいいから意見が欲しい」

「まるで」

何か言いかけて、リムは口を閉じた。

「言ってくれ、リム。伝承については、俺よりも君の方が詳しいはずだ」

「私とて、物語や伝承をさほど存じているわけではありませんが……。あれは、まるで生ける死人に見えます。月のない夜、死んだ人間が蘇り、人を襲う。ジスタートには、そのような物語がいくつかあります」

「実際、俺たちはすでに、死者が蘇る例を見知っている。あの人影とはだいぶ違うみたいだけどな」

蘇ったアルトリウスにはまだ出会ったことがないが、アレクサンドラも他の円卓の騎士たちも、少なくとも一見しては、生者と何ひとつ変わらないように見えた。

今、丘の下で蠢《うごめ》き、ゆっくりとティグルたちに近づいてくる存在は、それとは決定的に違うように見える。

「これ以上近づくようなら、頭を狙う！」

今度は大声で警告をする。やはり人影は意に介さず、ゆっくりと距離を詰めてきた。

ティグルは二本目の矢を放った。矢は狙い過たず、先頭の人に似た存在の額に命中する。人に似た存在は後ろに吹き飛び、仰向けに倒れた。

仲間が倒されたというのに、残りの者たちは委細頓着《いさいとんちゃく》せず接近をやめない。それどころか、額に矢を受けた者もすぐに立ち上がり、額に矢を突き立てたまま前進を再開してくる。あまりにも異様な光景だった。気味が悪いにもほどがある。

「下僕よ、何を悠長に遊んでいる」

後ろからケットの声がした。振り向くと、すぐ傍まで来ていたイオルの腕に抱えられた子猫が、可愛らしく鳴く。三人の若者は、蠢き近づいてくる黒い人影を見て、その異様さに戸惑《とまど》っているようだ。

「何ですか、あれ。あんなの、見たことがありません」

「人なのか？　いや、でも、ティグル様の矢を受けているのに」

彼らが動揺するのも無理もない。ティグルだって、困惑している。

「下僕よ。あれは、全ての我らが忌避《きひ》する死の僕だ」

——死の僕？　初めて聞く言葉だ。

「魔物ということか」

「まったく違う。愚かな問答はいい。あれを地に還すのは、下僕の役割であろう。己の責務を果たすがよい」

若者たちが、「ティグル様は何をおっしゃっているのだろう」という顔をしている。ティグルは首を横に振って、傍らのリムを見た。

「有益な対処法を教授されたわけではないようですね」

「君の剣は、相変わらず怒っているのか」

「ええ。ひとつ、剣の思うがままに動いてみるとしましょう」

人に似た黒い何かが丘を登ってくる。影法師、という単語がティグルの脳裏をよぎった。人のようで人ではない、影のような存在である。

影法師を見て、馬がひどく怯えだした。

「振り落とされる前に馬を下りるんだ！」

ティグルは騎乗技術の未熟なイオルたち三人に対し、素早く命令を下す。

「ティグル、私が行きます」

リムが下馬すると、剣を抜いて丘を駆け下りた。上半身を揺らす人に似た何かが、手を伸ばして彼女を掴もうとする。リムは機敏な動きでそれをかいくぐると、目にもとまらぬ斬撃を見舞った。双剣に切り裂かれ、影法師はかん高い声をあげて倒れ伏す。地面に頽《くずお》れたそれは、そのまま泥のように溶け落ち、どす黒い染みとなって消えた。

「どうやら」

リムは人に似たそれとすれ違いざま、次々と双紋剣の一撃を人影に浴びせていく。赤と青の剣による軽い一撃だけで、それは人の形を保てなくなり、動かぬ泥となっていく。

「これが正しい退治の仕方のようですね」

十数体の人に似た何かは、リムが切り込んでから二、三呼吸する間に、その全てが切り伏せられ、草原の染みとなった。もはや見渡す限りの草原に動く人影はない。

全ての脅威が排除されたと判断しても、ティグルはまだ警戒して弓矢を構えながら、ゆっくりと丘を降りていく。黒い染みの前でしゃがみこんで、鼻を近づけ臭いを嗅いでみた。

「腐臭がする」

もっと詳しく分析すると、森で斃れた動物が腐り、土と混じった後の臭いに似ているように思う。

「動く死体……なのか？　長く森に埋められていた死骸は、骨も残らず溶けてしまうって聞いたことがあるが……」

もしあれが死体であったなら、骨どころか黒い泥のようなものとなってまで人のかたちをとって動いていたことになる。影法師の残留物である黒い染みの正体が判明すれば、この奇怪な現象の正体がわかるのだろうか。

「あるいは、何かをこの泥で包んで操り人形にした？」

ちょうど、リムが警戒を解いて双紋剣の刃についた汚れを布で拭っているところだった。

「リム、その布を洗わないでくれ」

「ティグルヴルムド卿？」

「その泥を後で調べれば、何かわかるかもしれない」

泥と化した人型の存在の、貴重な痕跡だ。ティグルはリムから汚れ拭きの布を受け取ると、そこについた泥を小瓶に詰め、蓋で密封した。

「どうやって調べるのですか」

「それは、まだわからない。でも保存しておいた方がいい気がするんだ」

「直感ですね。信じましょう」

リムは部下の若者たちが牽いてきた馬に騎乗する。馬たちは残留物の黒い染みを気味悪そうに避けていた。

「同じような生き物が他にもいないかどうか、周囲を見てきます。私の眼はティグルヴルムド卿ほどではありませんが、あれに近づけば私の剣が反応してくれるでしょう」

確かに、リムの剣はあの影法師ともいうべき存在に強い反応を示していた。ここは彼女に任せてみよう。リムの馬が別の丘に登っていく。

彼女が去るのを見届けた後、ティグルは弓を下ろし、矢を矢筒にしまう。

部下の若者たちに、この地の伝承について訊ねた。今、彼らが見たような化け物について、若者たちは何も知らなかった。

――まあ、期待はしていなかった。

あんな化け物についての伝承があるなら、彼らが真っ先に伝えてきただろう。

「近くに人が住んでいる集落はあるだろうか。予定を変更して、少し情報を集めたい」

「森を管理する狩人の村があります」

「そこに案内してくれ」

リムが戻ってきた。周囲に怪しい者はいない、と断言してみせる。

ティグルたちは馬の方向を変え、移動を開始した。

†

そこは、粗末な木造りの建物が数軒あるだけの小さな集落だった。夕方ということもあって、すでに狩りの仕事を終えた屈強な狩人たちが出迎えてくれる。ティグルたちが旅人で、黒い人のようなものに襲われたという話をすると、顔をしかめて「あれか」と呟いた。

「知っているのですか」

「この村の近くでは見たことないが、狩りで遠出したとき、何度か遠くから観察した。狼や狐を襲い、喰らっていた。あれは恐ろしいものだ。近づかない方がいい」

壮年の狩人は、ティグルたちの知らない神に祈りを捧げた。他では伝承も途絶えた古い神々の一柱であるという。意外なところでその信仰を見つけてしまった。

「我々は、そういった神々の神殿を探しているのです。ご存じありませんか」

ティグルが訊ねると、狩人は即座に「知っている」と答えた。

「狩猟の神の神殿です。我々も一人前の狩人と認めた者しか連れていかない」

よって、と狩人は言った。

「狩りの腕を見せて頂きたい」

「出番ですよ、ティグルヴルムド卿」

リムがティグルの方を向く。是非《ぜひ》もなし、とティグルはうなずいた。

「期待に応えてみせるよ」

狩人がティグルに出した課題は、集落の近くの沢で泳ぐ鴨を獲ることだった。どんな手段をとってもいい、と言われたティグルだが、当然のように弓を用いて、相手が警戒しないほど遠くから水上を泳ぐ鴨を射る。一撃で仕留めてみせた。

「猫は寛大である。鴨の肉もいいものだ」

血抜きをする途中で、近寄ってきたケットが重々しく告げた。

狩人の試練は、当然のように合格だった。

一行は、集落のはずれにある来客用の小屋で一泊させてもらった。旅の商人などが稀に利用するため、掃除が行き届いていて過ごしやすい。

「これを差し上げますよ、旅人さん」

村の女たちから新鮮な羊のミルクが提供された。毎日、近くの羊飼いの村に赴くのだという。故に彼らは、存外、外の情報に詳しかった。もっとも、それは徒歩半日の範囲で得られる情報までだ。この時期、高地に移動してしまうイオルたちの村とは交流が途絶してしまう。

子猫のケットはティグルの獲った鴨肉をひとりで三分の一ほど食べた後、ひとつ大きなげっぷをして、部屋の隅で丸くなってしまった。横柄な王様だ。

鴨一羽では足りないので、一行は少々の貨幣で村の人々から食料を買った。ティグルと部下の三人が馬の世話をする間に、リムが調理をする。

香草と鴨肉に羊肉が入ったシチューはよく味が染み込んでいて、皆、何度もおかわりをした。若者たちに至っては、底にこびりついた肉をこそげ取ってまで食べつくした。旅の疲れが吹き飛んだ。

「もっとつくるべきでしたね。ここまで夢中になって食べてくれれば、つくった甲斐があるというものです」

傭兵時代に習った料理であるという。各地を巡っていたというが、鴨と羊の肉は比較的、手に入りやすい食材であっただろう。本来なら捨ててしまうような部位もごちゃまぜにして鍋にぶちこむ大味な料理だが、森を抜ける間、ほとんど携帯食しか口にしていなかったこともあって、全員の食欲が違った。ティグルも満腹になるまでおかわりした。

「公主代理《アドワール》として長く暮らして、料理など忘れたと思っていましたが、案外覚えているものですね」

リムは自然な態度でティグルの口のまわりをぬぐう。思わず身をこわばらせた彼を見て、リムは身を引き、これみよがしにひとつ咳をした。

「失礼しました。ついエレンに対するような扱いをしてしまいました」

「これからも是非、そうしてくれると嬉しい」

ふたりのやりとりをすぐ傍で見ていたイオルたちが、互いに顔を見合わせた後、「ティグル様とリムアリーシャ様はつきあっているんですか」とふたりの顔を覗き込んできた。その瞳がきらきら輝いている。

ティグルはリムの方を向いた。リムはひとつ咳をする。

「まだ、そういう関係ではありません」

「まだ、ということは今後そういう関係になるということですか」

「人の詮索をするとは、故郷が近づいてだいぶ気が大きくなっているようですね」

リムが睨むと、三人は慌てて姿勢を正した。最低限の剣技と馬術、彼らを兵士として鍛えなおしたのはリムであった。鬼教官、という若者たちの言葉を聞いたのは一度や二度ではない。

フォローするのはティグルの役目だ。

「鋭意、努力中なんだがな。長い目で見守ってくれると嬉しい」

今度はティグルがリムに睨まれる番だった。

†

翌朝、狩人たちは「日課だから」と日が昇る前に出かける。森に仕掛けた罠の様子を見にいくのだ。ティグルが「ついて行きたい」と申し出ると快く承諾してくれた。

「足運びでわかる。昨日、見せてくれた弓の腕前も、感嘆するばかりであった。あなたは森の神の恩寵を受けているのだな」

実際のところティグルが恩寵を受けているのは善き精霊《シーリーコート》なのだが、それを話しても面倒になるだけなので曖昧に笑ってごまかしておく。

「島の外から来たというが、島の外にはあなたのような狩人が多数いるというのか」

「どうかな。俺の住んでいたところは、弓の使い手が馬鹿にされる風潮があったんだ。そもそも、俺みたいな弓手はあまりいなかった」

弓を軽視するブリューヌの風習は、騎士階級以上においてのことである。森の狩人たちには何ら関係がなかったし、ティグルは彼らの中でも特に弓の技術に秀でていた。ティグルの雰囲気からそのあたりをある程度、察したのだろう。質問した狩人は、笑って彼の肩を叩いた。ティグルは思わずよろけてしまう。

「変わった土地に住んでいたのだな。安心して欲しい。この地において、弓の名手は尊敬を受けている。騎士たちであっても、そうだ」

「そうか」

「始祖アルトリウスも弓が得意だったと、我々の間では言い伝えられている」

それはどうだろうか。

狩人たちは罠や弓で猟をするだけでなく、高原から東に広がる森の管理を担っているようだ。獲物の一部は領主に上納し、残りは自分たちで消費するものを残し他の村と物々交換して必要なものを手に入れる。

アルサスでもよく見知った森の生活だ。この地においては、羊飼いたちと交換した羊の毛や皮を背負って森を抜け、東方の町で貨幣と交換することもあるらしい。昨日、貨幣を快く受け取ってくれたのも道理だ。

なお彼らの言う東西を繋ぐ彼らの交易路とは、ティグルたちが通ってきた道である。なるほど、メニオが手に入れた地図は、ここの狩人たちが使う細い道のことであった。

「別に秘密の道というわけではない。今、東方が少々騒がしいとは聞いているが、我々には関係ないことだ。あなた方が争いを持ち込まなければね」

「そうはならないと俺も期待してる。少なくとも、こちらから何か仕掛ける気はないよ。この近くにある羊飼いの村が、部下の故郷なんだ」

「承知している。羊飼いたちは、訛りでわかる。彼らも冬はこの近くで暮らす。あなたの訛りはわからないな。ずいぶん遠いところから来たようだ」

訛りではなくアスヴァール語が母国語ではない、ティグルの生まれはブリューヌであると説明したところ、「母国語？　ブリューヌとは大陸のことか？」という返事であった。どうやら弓が蔑視されている云々も、アスヴァール王国のどこかの話だと思っていたようである。

「まあ、そんなところだ。かなり遠いところだよ」

ティグルは完全な説明をあきらめた。

このように、彼らはこの島の外の世界について驚くほど無知であった。大陸というものがあることは知っていたが、他の国という概念がない。戦とは領主と領主の争いであるという認識であった。今回の内乱も、そういったもののひとつであろうと。

彼らの生きている土地は、その認識範囲は、小さな枠組みで完結している。その平穏をわざわざかき乱すことに、ティグルの自己満足以上の意味はないのだった。

――森で生きている人たち、だものな。

アルサスでもそうだったが、狩人たちは彼らなりの独自の価値観を築いている。彼らは己が管理する森のことに関して誰よりも詳しいが、それ以外のことはほとんど知らない。それでいいのだ。田畑を耕す者たちが田畑について誰よりも詳しいのと同様、森のことについて詳しければ他のことについて無知であっても困ることはない。

——きっと、羊飼いだって同じなんだろう。

メニオは彼らの閉鎖性について語っていたが、この地の羊飼いたちは高原の外に出ていく必要がない。大勢の羊を場所を移動しながら飼うことは、見渡す限り草原が続くこの高原地方のような土地以外では不可能なのだから、それは当然のことである。

問題は、そんな辺境で、彼らも知らない事態が進行中とおぼしきことだった。あの黒い人に似た存在は、いったい何なのだろう。

ティグルは狩人たちと共に罠を見まわり、罠に捕まった獲物を仕留め、手際よく血抜きをしていく。

彼の手際を見て、狩人たちはますます好感を持ったようだ。やはりこういった人々には、己の技量で納得させるに限る。何よりティグルは、狩猟が好きだった。デンの町でも書類仕事を投げ捨てて山に籠ろうとしたことが何度あったことか。それら厄介な諸々を肩代わりしてくれたメニオには、感謝しかない。

「あなたが神殿を訪れるなら、狩猟の神も喜ぶだろう」

ついには、そんなお墨つきまで貰ってしまった。

日が昇ってしばらくした頃、数人の狩人とティグルは獲物である兎数匹と猪一頭をかついで村に戻った。獲物は、待ちかねていた女たちの手によって捌かれる。

「狩猟の神は喧噪《けんそう》を好まない。神殿に向かう者は、ティグル、あなた以外にあと一名くらいで頼む」

「わかった。じゃあ、俺とリムだ。この子猫も連れていく」

そういうわけで、ティグルとリムと一匹は朝食の後、案内の狩人と共に徒歩で狩猟の神の神殿へ向かった。若者たちには村で馬の見張りを任せる。神殿は森の中、馬では立ち入れぬ場所にあるという話であった。

夏の盛りだが、今日も曇天である。森の中は蒸し暑いが、我慢できないほどではなかった。狩人の案内で北東を目指す。神殿に続く道は上り坂が多く、その先はペナイン山脈の奥地に続いているという。昔はそこにも村があったというが、今は廃棄され、誰も山まで赴かないとのことだ。

「竜が出るという話もある」

ペナイン山脈の奥地には竜が棲む、とはアスヴァール島の各地で人々が語ることだ。それが真実だとティグルは知っていた。山脈の奥から這い出てきた毒竜をリムとふたりで退治したのは、そう昔のことではない。

細い道を黙々と歩く。歩きにくいところには丸太でつくられた簡易な階段が配置され、その周囲もしっかりと踏み固められていた。

「村で生まれた子に祝福を頂くためには、産後の女が往来できる道でなければならないのだ。

しっかりと補強もするさ」

案内の狩人が言う。男子に祝福を与えると、長じてよい狩人になるのだという。故に都会にはよい狩人がいないのだ、とも彼は言った。この道を赤ん坊を抱えた女ひとりで登るのはたいそう骨であろう。それでも、この地の信仰は長く続いている。

昼過ぎには、神殿にたどり着いた。

石造りの神殿は、白く輝いているように見えた。ティグルたちがこれまで見たものと違い、定期的に補修されてきたのだろう。壁面にこびりつく苔も少なく、柱に巻きつく蔓もほとんどない。湿り気が強く繁殖力の旺盛《おうせい》な森の中で、これはたいしたことだった。

聞けば、やはりこの時期は数日に一度、交代で掃除に来るのだという。

維持管理する者がいるかどうかは建物の状態に大きく影響を及ぼす。ティグルは故郷の十神の神殿を思い出した。幼馴染の少女は、巫女としての修行時代、毎日神殿を綺麗に掃除していたものである。

神殿からは、ひんやりとした冷気のようなものを感じた。畏怖《いふ》を覚えたティグルとリムが神殿の入り口で立ち止まっていると、ティグルの肩から降りた子猫がただ一匹、その中へ足を踏み入れる。

「あ、ケット！」

リムが慌てて、子猫を追いかけ神殿の中へ入っていった。内部は薄暗いが、明かり窓もきちんと掃除されているおかげで最低限の照明は確保されているようだ。

「私はここで待っていよう。あなた方だけで行くがいい」

狩人が言った。

「いいのか」

「神に祈りを捧げるとき、他人は必要ない。あなた方が、我々の信仰を愚弄するとも思えないからな」

ティグルは一礼した。自分たちへの信頼に対する感謝である。

そのあと、リムを追いかけた。

神殿に足を踏み入れる。

†

アルトリウスは片膝をついて顔の前で手を組み、狩猟の神の神殿に存在する奥の間で祈りを捧げた。これから狩るのはとびきりの大物だ。どれだけの幸運があっても足りないだろう。

それでも、やらなければならなかった。彼があの邪悪な猪を倒さなければ、ペナイン山脈の東西の往来が不可能となってしまう。それは、彼のまだ小さな王国の統治が崩壊するということだった。遠征軍の安全にも関わってくる。

腰に下げた双剣が、神々の恩寵を受けて震えたような気がした。

アルトリウスは立ち上がり、振り返る。

彼の婚約者である銀髪の少女が三歩後ろで待っていた。少女と見つめあう。きっと、伝えたい言葉があるのだろう。だがそれは武人が戦場に赴くに際し、かけるべきではない言葉だ。賢明な彼女はそれを理解しているから、ぐっと言葉を飲み込み、ただひとことだけ告げる。

「ご武運を」

アルトリウスは彼女を抱きしめ、その唇をむさぼった。ギネヴィアは熱烈に応えた。

「行ってくる」

「しばし、お待ちを」

ギネヴィアが左手の小指にはまった緑の髪の指輪に口づけをする。指輪が淡く緑色に輝いた。彼女はかがみ、緑の髪の指輪でアルトリウスの腰の双剣に触れる。

淡い緑の輝きが双剣に移った。

「母も、その剣を通じて、あなたの勝利を望んでおりますれば」

「半端者のわしなどに」

「自己を卑下《ひげ》するのは、おやめください。精霊の血が入っていようと、あなたはあなたです。私の大切なアルトリウス」

「ありがとう。あなたのおかげで、わしはわしでいられる」

アルトリウスは、最後にギネヴィアの頬にそっと口づけして、彼女から離れた。

未練はあるが、それ以上に使命感があった。必ずや、この戦いに勝利する。ここに再び戻ってくると、そうかたく誓い、彼女に背を向けて歩き出す。

森の奥へ、奥へ。


ティグルは、はっとわれに返った。

自分が誰だかわからなくなって、息が止まった。ゆっくりと、大きく息を吸い込む。吐き出す。

――俺は、ティグルヴルムド＝ヴォルンだ。アルトリウスじゃない。ティグルヴルムド＝ヴォルンだ。

アルトリウスと一体になったかのように、あまりにも生々しい感覚を覚えた。アルトリウスがギネヴィアと口づけしたとき、彼女の舌の艶めかしい感触までが頭の中に入り込んできた。激しい肉欲を覚えた。あのときティグルは、完全にアルトリウスとなっていた。

どうして、こんなことになったのか。神殿に入って、リムと共に祈ったはずだ。その直後からの記憶が曖昧になっている。以前のときと違い、何かに取り込まれてしまったかのような……。

実際に、取り込まれてしまったのかもしれない。

おそらく、この神殿は他と違うのだ。神々の力が、その残滓に過ぎないものが残っていた神殿と、この今も少数ながら人々の信仰が続く神殿では、決定的な何かが異なっている。ティグルもリムもそのことに気づかず、同じように対応しようとしてしまった。

ケットの警告を思い出す。猫の王は、力の行使には代償が必要だと言っていたではないか。ティグルたちは、それでも過去の情報を追い求めた。

——そうだ、リム。リム、きみは……。

あのとき。アルトリウスがギネヴィアと口づけを交わした瞬間、ティグルは彼女の中にリムを感じた。そういえば、前回のときも、リムはギネヴィアの視点で三百年前の出来事を見ていた、と言っていた気がする。

今回、ティグルがアルトリウスに深く入り込んでいたように、リムはギネヴィアに深く入り込んで、あの情熱的な口づけを交わしていたのだろうか。

——余計なことは考えないようにしよう。

目の前に展開されている光景に意識を切り替える。

場面が変わる。

アルトリウスは、深い森の中にいた。数十歩先に小山が見える。いや、小山のごとき巨大な生き物だ。身の丈が通常の個体の十倍はあるだろう猪だった。

目の前の猪の化け物に対するアルトリウスの憤りの感情が流れ込んでくる。

家畜を食い荒らされた民の苦しみと、怒り。討伐に向かった勇敢な騎士たちが、ことごとく返り討ちとなった嘆き。

パーシバルをはじめとした円卓の騎士たちすらも、この恐るべき猪の突進を止められず、撤退を余儀なくされた。

更には、虐げられた妖精たちの悲鳴の声までもが聞こえてくる。妖精たちは、巨大な猪によって住処を破壊され、頭から貪《むさぼ》り喰われ、逃げ惑った末、アルトリウスに助けを求めた。アルトリウスは妖精たちの力になると約束した。妖精たちは見返りに、彼を盟友と呼ぶことを約束した。この盟約は、遥か未来まで続くだろう。

――この男は、妖精を、感じることができるのか。妖精の声を聴くことができるのか。そして、彼と妖精たちの絆は、三百年経った今も……。

アルトリウスは双紋剣を鞘から抜き放った。赤と青のふた振りの刀身が輝きを放つ。彼に深く重なっていたティグルは、このとき双紋剣の本当の使い方を理解した。

簡単なことだった。あまりにも自明であった。

アルトリウス＝ティグルは、二本の剣の柄頭をくっつけた。輝きが力を増す。光が消えたとき、二本の短い剣は一本になっていた。赤と青の輝きの刃を両端に持つ剣だ。

双頭剣。

巨大な猪が吠え猛る。木々が震え、木の葉が飛び散った。目の前に竜巻が生じて、アルトリウスの身体を吹き飛ばそうとする。だがアルトリウスは微動だにしなかった。髪の毛ひとつ、揺らがない。うっすらと笑みさえ浮かべてみせる。

巨大な猪は、小賢しいヒトのその余裕を見て、深紅の眼光で睨み据えた。それだけで、周囲の草が燃え上がる。ただ巨大な猪というだけではなかった。妖精を喰らい、存在の階位が上がったこの化け物は、もはや竜よりも恐ろしい化け物であった。

煙が視界を覆い隠した。猪の姿が見えなくなる。

地面が激しく揺れた。巨大な猪が前進してきたのだろう。ただの一歩で、普通なら立っていられないほどの揺れが起きたのである。アルトリウスはやはり、微動だにせず双頭剣を構えている。

揺れは次第に激しく、そして間隔が短くなる。

敵が近づいてきている。アルトリウスはゆっくりと息を吐いた。次の瞬間、煙を割って巨大な猪が突進してきた。

「トゥルッフ・トゥルウィス、汝に永遠の眠りあれ!」

アルトリウスは双頭剣を振るう。巨大な猪に対して臆することなく正面から激突した。

激しい衝撃がティグルを襲う。ティグルの身体はアルトリウスから弾き飛ばされ、宙を舞った。

ティグルは空中でくるくる回転しながら、その光景を目撃する。

アルトリウスが一歩も下がらなかった。双頭剣を縦に振るう。赤い刃が伸長し、彼がトゥルッフ・トゥルウィスと呼んだ大猪の頭はまっぷたつに叩き割られた。

何が起こったのか、まったく理解できなかった。大猪の突進を喰らったはずのアルトリウスはまったくの無傷で、トゥルッフ・トゥルウィスの身体は勢い余って森を駆け抜け、はるか先、倒木によってできた広場まで出たところでよろめくと地響きと共に倒れ伏す。

アルトリウスは、ゆっくりと来た道を戻っていった。

――大猪とぶつかったはずが、ぶつからなかった？　でもアルトリウスのひと太刀は、大猪の頭をまっぷたつにした？

これが、アスヴァール王国の基礎を築いた者の力なのか。いや、そもそもこの出来事は本当に起きたことなのだろうか。およそヒトの為《な》せる御業《みわざ》ではないように思える。

――どれが、アルトリウス自身の力だ？　双頭剣の力は、どこまでだ？

アルトリウスと一体化していたときは、何もかもを理解したような気がした。彼の身体から弾き飛ばされたとき、それらの知識は全て失われてしまったように思う。

ティグルはもう一度アルトリウスの身体に入り込みたかったが、上手くいかなかった。アルトリウスから拒絶されているのか、それともティグルの方が無意識にアルトリウスを拒絶してしまったのか。どちらにせよ、圧倒的な一体感はもはや完全に消滅している。

アルトリウスは大猪の死骸を確認した後、片膝をついて、また狩猟の神に祈りを捧げた。

場面が変わる。

狩猟の神の神殿に戻った。控えの間に案内され、そこでひとりきりとなる。ほどなくして奥の間から銀の髪の少女が飛び出てきた。ギネヴィアだ。背が少し伸び、大人の身体つきになりかけている。

「アルトリウス！」

ギネヴィアは最後の一歩を跳躍し、抱き着いてきた。両腕を広げて受け止める。少女は細く白い腕をこちらの首に巻きつけてくる。

熱烈な口づけを交わした。

「待っていたわ。心配したわ。心細かったわ。あなたに万が一のことがあるんじゃないかって、怖かった。ここで、あなたの無事をずっと祈っていたわ」

「心配をかけた」

今度は自分から、ギネヴィアに口づけした。少女の全身から力が抜ける。

「アルトリウス」

少女の呟きは、嘆願だった。誘われるように、神殿の石造りの床の上に押し倒す。

戦いの後の興奮に身を任せ、乱暴に服を剥ぎ取った。ここ一、二年ですっかり成熟した上半身が露となる。ふくよかな双丘に触れた。少女が喘ぎ声を漏らす。

「アルトリウス」

己の名を呼ばれ、いっそう猛った。少女の身体を乱暴にまさぐる。少女が、また己の名を呼んだ。

「ティグル」


はっとする。聞こえた声は、ギネヴィアのものではなくリムのものだった。自分の意識がアルトリウスと同化していたことに気づき、ティグルは慌てて気を落ち着ける。左手にはまった緑の髪の指輪を意識した。

ぷつっと、糸が切れたような感覚を覚えた。

視界が暗闇に染まる。

†

ティグルが目を覚ましたとき、目の前に広がっていたのは白い肌、ふくよかな胸の谷間だった。少し視線をあげれば、意識を失ったまま涙を流すリムの顔がある。ティグルは一糸まとわぬ姿で石造りの床にあおむけとなっているリムの上に覆いかぶさり、張りのある乳房に手をあてがっていた。

「アルトリウス」

桜色の唇が、その言葉を紡ぐ。

ティグルは、ぼんやりした頭で首を巡らせた。

神殿の奥の間だった。明かり窓から差し込む陽光によって淡く照らし出された石造りの壁面が見える。身体のあちこちを吹き抜ける風がひどく冷たかった。ティグルとリムの衣服がすぐ横で積み重なっている。

「ティグル」

リムが、今度は彼の名を呼ぶ。瞑った目からはとめどもなく涙が流れていた。ティグルは気づく。彼女は三百年前のギネヴィアと一体化しているのだろう。そして、アルトリウスと一体化したティグルと……。

彼女に対して、無性に愛おしさを覚えた。それが過去の光景でアルトリウスと同化したが故のものなのか、それともティグル自身の心が自然に抱いたものなのか、あの記憶が濃厚に残留しているせいでひどく混乱してしまう。

自分が何なのか、誰なのか、少し気を抜くとわからなくなる。途方に暮れて、ティグルは眼前の愛しい女の裸体を見下ろす。

「お盛んで結構であるな、下僕よ」

耳もとで子猫の声がした。意識が覚醒する。ぱっとリムの上半身から飛び退いた。部屋の隅の暗がりで、ケットが目を爛々《らんらん》と輝かせてちょこんと座っていた。

ティグルは全身を硬直させ、白猫をじっと見つめた。ケットは、可愛らしい鳴き声を出す。

にゃん。

「見ていたのか」

「うむ」

「俺は何をしていた？」

「雄と雌が睦《むつ》みあうことに、何の遠慮をする必要があるだろうか」

ティグルは大声で叫び出したくなった。懸命にこらえる。傍のリムが艶めかしい声をあげた。いったい、今の彼女はどんな光景を見ているというのか。

ティグルは大急ぎでリムの衣服を彼女の裸身にかぶせると、自身も手早く服と鎧を身にまとった。

「下僕、目的は果たせたか」

落ち着いたところで、猫の王が言葉をかけてくる。

先ほどの光景を思い返す。そうだ、双紋剣の本来の使い方について手がかりを得るため、アルトリウスの行動について理解を得るため、ティグルとリムはこの地を訪れたのではないか。

結果、ティグルは双紋剣が双頭剣に変化する様子を見ることができた。

「ぼちぼち、だな」

「ならばよい」

「俺が見た光景の続きを見ることはできないのか。アルトリウスの双頭剣は……」

白猫はゆっくりと首を横に振る。

「無茶と無謀は違う。危険と報酬が著しく釣り合わない行為を猫は忌避する」

「分かりやすく頼む」

「この場でこれ以上は、危険が無視できぬほどに増す。潔く退くがいい、下僕」

もとより、命の危険は覚悟の上だった。同時に、ティグルはこの白猫の平衡感覚を信頼していた。猫の王がそうまで言うなら、無理なのだろう。

「下僕がこうも早々に目を覚ましたということは、この神殿の主たるお方の力を受け入れられなかったということ。もとより下僕には、あの方の恩寵がある。その弓に宿る力もこの神殿の力と反発している」

「そう、か。黒弓は置いてくるべきだったか……いや、それは無理だな」

ヴォルン家の家宝の弓を見る。これは今やティグルの命綱だ。ひと時とはいえ手放したくない。そもそもここは本来、敵地である。狩人たちや羊飼いたちは領主の所属など気にしないだろう、とメニオやイオルたちは言うが、全ての者が同じように考えるとは限らない以上、用心は必要だった。

だからこそ、この狩猟の神に祈ったところで弾かれてしまった、ということか。致しかたのないところだ。

「もう少しで、色々とわかった気がするんだ」

アルトリウスが双紋剣を双頭剣にしたとき、ティグルはその全てを理解したような気がした。しかし目覚めた今となっては、知ったはずの様々な理も、水にこぼした一滴の血液のごとくぼんやりと滲《にじ》んでしまっている。何となく感覚の一部が残っているとはいえ、とうていリムに説明できるものは掴めていない。

大切な何かを握ったはずだったのに、それはティグルの掌からこぼれ落ちてしまった。

わかったこともある。アルトリウスが想像以上に恐るべき力の持ち主だということだ。

かつて、彼がガラハッドと戦ったときもそうだったが、大猪の突進に対してどう反応すれば、あんな結果が生まれるのか。まるでアルトリウスの身体を大猪がすり抜けてしまったかのような錯覚すら覚える、驚嘆すべき身のこなしであった。ティグルには彼がどう避けたのかすらわからない。それでいて、彼の一撃は確実に大猪の急所を叩き切っていた。

もう一点。

彼とギネヴィアの言葉の中で、理解したことがあった。

「過去の光景の中で、ギネヴィアはアルトリウスが精霊の血を引いているようなことを言っていた」

「そういう者も存在するであろう。以前に戦った、モードレッドと名乗る輩もそうであった。あれとは少し違うようであるがな」

「知っていたのか。モードレッドじゃなくて、アルトリウスが、その……純粋なヒトじゃないってこと」

「猫ならば誰でも知っていることである」

猫の王は、退屈そうに欠伸《あくび》をした。そういう重要なことはさっさと教えて欲しい、と言いたいが、確かにティグルはこれまで、一度もこの猫にそういったことを訊ねたことがない。

つい先日までは、精霊とヒトが交わり子が生まれるということすら知らなかったのだ。

善き精霊モルガンの言葉や伝承を丁寧に辿れば、そういったことも充分にありえると理解できたかもしれないが、そこまで行くと憶測だらけになるし、おとぎ話の解析など本来リネットや王女ギネヴィアの領分である。

「不満そうな顔だな。猫の偉大なる知識をいささか開示するとしよう。下僕たちがアルトリウスと呼ぶ輩は、一般に先祖返りと呼ばれる存在だ。その存在としてのありようは、モードレッドと名乗る輩よりもさらに、あの方々に近い。あるいは、我ら猫よりもはるかに」

猫よりも、と言われると少し微妙な気分になるが、おおむねケットの言葉の意味は理解できた。ひょっとしたら、大猪の突進をかわした方法も、そういった特殊なありようゆえのものなのかもしれない。

だとしたら、非常に困ったことだ。ティグルはほとんど意識せず黒弓を撫でている自分に気づいた。この弓の力で対抗することができる相手なのだろうか。あるいは、リムの双紋剣が本来の力を発揮して……。

「やっぱり、もっといろいろ知らなければいけないな」

左手にはまった緑の髪の指輪を見る。この指輪に助けられたような気がした。あのとき、自分の意識をはっきりさせなかったら、果たしてティグルはどうなってしまっていたのだろう。

かがみこみ、リムの頬にそっと手を当てた。

そのリムが呻き声をあげ、目を開ける。見下ろすティグルをぼんやりと見つめたあと、急にはっとわれに返り、目を見開いて上半身を起こす。かぶせていた服がはだけて、豊満な胸もとが露出した。ティグルは丁重に視線を逸《そ》らす。

「ティグル。あの、その」

口をぱくぱくさせていた。焦っているようだ。

「まずは服を着てくれ」

「は、はい」

ティグルは彼女に背を向けた。しばし、背中で衣擦れの音が響く。リムが「もういいです」と言ったところで、子猫が媚びるような鳴き声をあげた。

「外に出るぞ、下僕」

子猫は、神殿の出口に向かって四つ足で歩き出す。ティグルはリムを見た。服の留め金をいじっていたリムが顔をあげ、視線が交わった。

「ご安心を。アルトリウス本人を前にして剣を向けること躊躇《ためら》わぬと誓いましょう」

†

神殿を出ると、日が傾き始めていた。

ここまで案内してくれた狩人は、出てきたティグルたちを見て「ずいぶん遅かったな。狩猟の神に受け入れられたのか。祝福するべきことだ」と言った。実際はまったく逆で、相性は最悪だったわけだが、そんなことを彼に告げたところで誰にとっても益はない。

「素晴らしい体験でした」

と返事をしておく。横に立つリムが何か言いたげな視線を送ってくるが、気づかないふりをした。戦には機微がある。今、余計な口を叩いても勝機を逃すだけだと研ぎ澄まされた狩人の直感が叫んでいた。

来た道を戻る途中で、ティグルは何度か足を止め、暗い森の奥を見つめた。

三百年前、トゥルッフ・トゥルウィスと呼ばれた巨大な猪が現れた深淵である。

巨大な猪の伝説について狩人に訊ねたところ、さすがにこの島で生まれ育った者らしく、一

般的な伝承について教えてくれた。ただし、細部はティグルが見た光景と違う。アルトリウスがわざわざひとりで出陣したのは、騎士数百名がこの大猪に敗れ、なおかつ円卓の騎士たちが残らず出払っていたから、ということであった。

——信仰の対象でもある円卓の騎士が猪に負けた、となると国の体面として困るってことなんだろうか。

現在、人々が知る円卓の騎士の伝承は、アスヴァール王家が編纂《へんさん》したものを基にしているという。その割には地方独自の伝承が残っているが、三百年という歳月は、そういった独自性を育み分化を促すものだ。

少なくともリネットはそう言っていたし、ギネヴィア王女は歴史の改竄《かいざん》があるという前提で各地の伝承の収集を行っていたらしい。ティグルには、その妥当性について意見するほどの知識がなかった。

狩人の村につく頃には夕方だった。神殿でだいぶ時間を取ってしまったようだ。もう一泊、お世話になることにする。

夜、ティグルとリムは、彼らにあてがわれた小屋を出て、月の昇った夜空のもとで、際どい部分を省いてお互いの得た知識を交換した。

リムは三百年前のギネヴィアの目を通して、ティグルとは違う場面を目撃したという。

「色々な情報があって、少し混乱しています。整理してからお話しします」

先にティグルの得た情報について考察することになった。

「アルトリウスの大猪退治ですか。有名な物語ですね。選定の剣をもって、人に仇なす化け物を退治する。この国でも人気の高い一節だったはずです」

「実際に使ったのは、まさかの双紋剣だけどな」

それも、双紋剣を双頭剣に変化させてのけた。この時代のギネヴィアやリネットに聞けば、地方の伝承にその名残が残っているのだろうか。

「その場に居合わせたかったですね。是非とも、見てみたかったです」

リムはしきりに悔しがった。ティグルが辟易《へきえき》するほどに、その時どうやったのか、どんな感覚だったのかと質問してくる。ティグルとしても彼女の求めに応じたいのはやまやまだったが、あいにくとアルトリウスの身体から吹き飛ばされたとき、得られた実感のほとんどをその身体の中に置いてきてしまっていた。曖昧な説明に留まってしまう。

「いいでしょう。成果はありました。まだ先がある、目指すべき形がある、そのことがわかっただけでも充分と思うことにします」

「次は、きちんと覚えているように努力するよ」

「努力で何とかなるものでしょうか」

それればかりは、見当がつかなかった。そもそも、どうして三百年前のアルトリウスの光景を限定して見ることができるのか、それすらわかっていない。

「私は、どうやら三百年前のギネヴィアの視点でしか過去の物事を見ることができないようです。あのギネヴィアがアルトリウスの傍にいるときに双紋剣を抜くような出来事が起こればよいのですが……」

都合よくそんな場面を観察できるならいいが、今のところ、狙って光景を見ることができるほど器用なものではない。

いや、そうなのだろうか。少なくとも、ティグルたちの課題のうち「アルトリウスの目的を探ること」と「双紋剣の使い方を知ること」の一部は今回の神殿で判明している。

はっきりとした目的意識を持って神殿に赴くことで、もっと焦点を合わせることができる可能性はある。そんなことをリムと相談した。

「次の神殿では、そうしてみましょう。曖昧な理解ですが、何度も続けることで上手くいくかもしれません」

希望的観測だが、今はその可能性を信じてみよう、ということになった。

もうひとつ、ティグルが今回得られた情報で重要なことがある。

「アルトリウスには精霊の血が混じっている。この点についてはケットからも裏を取れた」

「精霊の血……。モードレッドと名乗っていた男が、同じようなことを言っていましたね。彼は雷を操っていました。ケットは、アルトリウスの力について何か言っていましたか」

「知っているかもしれないけれど、そこまでは教えてくれないみたいだ」

あのあとケットと一対一となったところで訊ねたところ、そういうことは教えられないとかたく断られてしまった。

以前も似たようなことを言われた気がする。彼らには、彼らなりの規則があるのだろう。残念だが仕方ない。ケットがティグルたちと一緒に行動しているのは、あくまで猫の王の善意と好奇心から来るものだと認識していた。

そのうえで、ティグルは大猪の突進がアルトリウスの身体をすり抜けたかのように見えた、あの場面について語る。

ティグル自身は、未だにあれが何かの錯覚、見間違いか何かであるという可能性を捨てきれない。双頭剣の能力かもしれない。同時に、精霊の血に由来する何かがあるとしたら、それがアルトリウスと敵対するうえで非常に厄介なものとなることは間違いない。

いずれ戦うことになるであろう敵の能力を過小評価するわけにはいかなかった。

モードレッドと戦った時は、何せ雷という自然にもある力を操る能力であるから、その対処法についてもある程度、予測ができた。ギネヴィアの小杖《ワンド》で防げる程度の威力であったこともあり、相手が我を失って暴走するまでは互角以上の戦いに持ち込めた。

アルトリウスの場合、どうなのだろう。手品の種が分かれば、戦いになるような類いの力なのだろうか。モードレッドを基準として考えていいものなのだろうか。前例がひとつだけでは、満足のいく比較もできない。

「現在までも続く妖精との盟約の一件もある。アルトリウスについて知れば知るほど、相手の大きさに眩暈がしてくるよ」

「それらについても、別の神殿で過去を覗き見るときに手がかりが得られればよいのですが……」

これまでの二回においては、ティグルがアルトリウスの過去を見て、リムが三百年前のギネヴィアの光景を見る、という点が一致している。次もそうなるかはわからないが、事前にさまざまな事態を検討し、いざという時、どんな手がかりを探ることができるか想定しておくことは大切だろう。


リムが得られた情報についての話となった。

「善き精霊と悪しき精霊《アンシーリーコート》の対立です」

三百年前のギネヴィアが見た光景について、彼女は語る。

「このアスヴァール島において、それは歴史の陰に隠れた、長い長い戦いの歴史です。人々の知らない世界、人々の認識できない世界、森の奥で、山の頂で、海の底で行われてきた、我々の想像を超えた存在による、我々の想像を超えた暗闘です」

彼女はギネヴィアの生い立ちから語った。

「善き精霊と悪しき精霊がぶつかった、大きな戦いがあったそうです。その余波で、かつてアスヴァール島のすぐ西に存在した島が消滅しました。ギネヴィアとその兄は、今は無きその島の生まれで、ただふたり生き残ったところを湖の精霊に助けられたのです」

湖の精霊とは、リムに双紋剣を与えた存在だ。善き精霊とはモルガンのことだろうか。では悪しき精霊とは……？

「精霊マーリン」

ティグルはその言葉を呟いた。以前に見た三百年前の光景の中で、円卓の騎士ボールスが口にした、善き精霊モルガンの弟の名だ。始祖アルトリウスと円卓の騎士たちに、蘇りの杯を渡した存在である。

先日、ティグルたちとガラハッドが共闘したモードレッドという半精霊は、精霊マーリンの子と呼ばれていた。思えば、此度のアスヴァール動乱、その背後には常にその存在の名がちらついていたように思う。

「ギネヴィアとその兄は、間近に精霊や妖精の存在を感じながら育ちました。湖の精霊はふたりを大切にしながらも、ふたりが人の営みに戻れるよう気を配っていました。ヒトとヒトならざる者、いずれ別れの時が来ると知っていたからです」

「その、ギネヴィアのお兄さんは、君の見た光景の中にいたのか」

「まだギネヴィアが幼い頃に、ギネヴィアを守るため騎士になる、と言って出ていきました。名をランスロット。後に円卓の騎士のひとりとなる人物です」

衝撃的な話だった。円卓の騎士でも特に人気のあるランスロットに、そんな経歴があったとは……。

ティグルは湖の精霊と直接会ったことがないものの、善き精霊モルガンを見ていれば、その存在があまりにも人からかけ離れていることは想像がつく。さりとて、モードレッドやアルトリウスという前例を見るに、交配することができないほどでもない、ということも。

善き精霊モルガンは、精霊や妖精といった存在は、気に入った者を己の世界へ連れ去ってしまうものだと言っていた。古来、珍しくはなかったことなのだろう。

湖の騎士の逸話の通りではあるが、ランスロット卿は湖の精霊の実子ではない、と判明した。これもリネットたちにとっては価値のあることかもしれない。

「詳しく教えてくれ」

「もちろんです。といっても、私が見た光景は限られたものですが……」

月が落ちてもなお、ティグルとリムは星空の下で話を続けた。

†

サーシャと、裁定の使者を含めた十一人の部下たちは、馬で深い森を迂回し数日かけて南まわりで高原地方に入った。

「高地なら少しは晴れているかと思ったけれど、今日もあいにく天気が悪い」

鈍色の雲を見上げ、ため息をつく。そんな円卓の騎士を見て、部下の騎士たちが笑う。

「いつも、こんなものです。これまでほとんど降られなかったことは幸運でした」

「東の方でもそうだったけれど、アスヴァール島は、どこもこうなんだね」

「我々にとっては慣れたものですよ。ねえ、副隊長」

若い騎士が言った。話を振られた壮年の副隊長は「鎧が蒸れて仕方がありません」と笑う。

「副隊長は蒸れる頭がないぶん、まだいいじゃないですか」

後ろを歩く騎士がぼやいた。そういう彼は腰まである長い黒髪が汗で革鎧にへばりついているのを、鬱陶《うっとう》しそうに払っている。

「この島で重装備をする騎士は、ほとんどいません。大陸側の騎士はまた別ですがね」

騎士たちは上も下も気安い関係だった。そういう者たちを選んで、あえて彼女の部下に配属してくれたのかもしれない。懐かしい、とサーシャは思う。平凡な村娘から戦姫となり、初めて部下を持ったときもそうだった。彼らの日常の感覚を訊ね、心の内に入り込む。同じ釜の飯を食べ、同じ苦労を重ね、共に危機を乗り越えることで絆を結んだ。

今回も、サーシャは気づけば同じことをしている。どうやら自分は、こういう風に人を率いるのが得意らしい。

「この地の領主にお会いになりますか」

「いや、先に羊飼いの村へ行こう」

サーシャは西の空を見つめて、即断した。

「僕は、この地の人々の暮らしを見てみたい」

†

翌日は、うって変わって雨だった。どうしても腰が重くなるが、これ以上狩人の村に滞在して時間を潰すわけにもいかない。そもそもこの時期、晴れる日の方が珍しいのだという。一行は狩人たちに見送られ、西に向けて出発した。

五つの馬が連なって、道しるべもなく上下幅の激しい高原を進む。しとしとと降り注ぐ雨粒に馬の尻尾も元気がない。猫の王もイオルの胸もとで不機嫌そうに丸まっている。

「ケット、毛布に包まるか」

イオルが訊ねるが、ケットは興味なさそうに鳴くだけだった。

前を行くティグルの耳には「下僕が余計な気をまわさずとも、我らは我慢強いのだ。全ての毛がしおれても、髭だけがピンと張っていればいい。それが誇りというものである」という、意味がよくわからない言葉がぶつぶつと聞こえてきている。

リムが「ケットが何を言っているかわかるのですか」と小声で訊ねてきたが、とうてい説明する気がしなかった。できる気もしない。

その後もケットは可愛らしい声で陰気な世迷《よま》い事《ごと》を呟き続けたが、ティグルはそれらを全て聞こえなかったことにした。このときばかりは猫の言葉を理解できない凡庸な者のひとりでありたいと願った。

イオルたちの先導は、最初、自信満々だった。ところが昼過ぎになって、霧が濃く立ち込めるようになってから様子がおかしくなる。

「あれ、こっちだったたっけな」

イオルは何度も馬を止め、残りのふたりと相談した。しまいには、ああでもない、こうでもないと議論を始める。

「迷いましたか。ああいえ、別に怒ってはいません。この霧では方向を把握するのもひと苦労でしょう」

「申し訳ありません、リムアリーシャ様。以前は、深い霧でも問題なく土地を見分けられたんですけど……。おかしいな、久しぶりだから勘が鈍ったのかな」

ティグルはイオルたち三人の困りきった顔を見渡した。

「村を出る前は、どうやって見分けていたんだ」

「考えなくても勘で分かったというか、ええと、場所ごとに臭いがあるんです。土の味も、少し違います」

「臭いと、土の味」

リムが訝《いぶか》しげな顔をする。無理もない、とティグルは思った。

「土地に根づいた人には、たまにいるんだ」

ティグルはそう告げる。狩人にも、森の中で臭いを嗅ぎ、土や木々の些細な違いから現在位置を把握する者に何人か会ったことがあった。

アルサスでも、ジスタートでも、そしてペナイン山脈の奥地でも、だ。

彼らはそこで生まれ育つ間に、特殊な感性を育ててきた。その土地でしか通用しない、その土地に特化した知識である。その集大成を、勘とか直感と言う者もいる。

「この雨で土地の臭いは分からなくなるし、土壌も洗い流されてしまう。そうなると勘が狂ってもおかしくはない」

「おっかしいなあ。でも俺たち、雨や霧なんて何度も経験してきたんです。今回に限ってなんて」

「ずっと村にいたなら大丈夫だったかもしれない。この地を離れてだいぶ経つだろう。感覚も鈍るさ」

ティグルとリムがアスヴァール島にやってきたとき、季節は春だった。彼らが兵士となったのもその頃であるらしい。今は真夏の盛りである。

ふと、子猫が鳴いた。ティグルはイオルの馬に近づき、彼の胸もとに抱きかかえられたケットの顔を覗き込む。ケットは目をぱっちりと見開いて、どこか遠くを見つめていた。

ティグルはケットと同じ方角に振り返った。霧でよく見えないが、人影がゆらりと動いた気がする。

「誰かいるのか」

呼びかけてみたが、返事はない。相手が警戒しているのだろうかと思い、イオルたちにも呼びかけさせた。やはり、何の返事もなかった。そうこうするうち、霧の向こうの影がこちらに近づいてくる。

ティグルは馬が怯え出したことに気づいた。ケットが毛を逆立て、警戒の声を出している。思い返すのは、狩人の村に向かう前に遭遇した黒い人のような何かだ。

「止まれ。それ以上、近づくなら撃つ」

ティグルは黒弓に矢をつがえ、弓弦を引き絞った。なおも相手は接近をやめない。ティグルは矢を放つ。接近してくる相手のすぐ傍の足もとに突き刺さった。警告だ。以前の人モドキはこれでも意に介さず前進してきたが……。

今回の相手は違った。ぴたりと足を止める。

「こちらは現地の若者と行動している旅人だ！　そちらは？」

ティグルは大声で宣言する。これで相手が対話に移行してくれるならいいのだが、と願うも……。

人影が、膝を曲げるような動作をした。ティグルは警戒し、リムが馬から飛び降りて前に出る。直後、人影は飛びかかってきた。霧を突き破り、灰色の毛で覆われた腕が伸びてくる。手の先には鋭い爪が狂暴な輝きを放っていた。

ティグルをかばうようにリムが立ちふさがる。

リムは双紋剣を抜き、突き出された腕に刃を合わせる。かん高い音が響いた。相手の手を斬り飛ばしたかと思ったが、どうやら鋭い爪は思いのほか、硬かったらしい。互いの一撃は、弾かれただけで終わった。

「何ですか、これは！」

襲撃してきた何者かは、けむくじゃらの腕を引っ込める。

濃い霧の中に姿を消した敵がいる。その事実に、若者三人は押し殺した声をあげ、馬を下りて互いに身を寄せ合った。剣を抜くことすらしない。どのみち彼らのような素人に毛が生えただけの者たちが太刀打ちできる相手ではないと、リムの一合でよく理解できていた。彼らはティグルとリムの邪魔にならなければ、それでいい。

いつの間にか、ケットがティグルの足もとにやってきていた。

「ケット、あれはなんだ。人なのか」

小声で訊ねる。猫の王は気高く鳴いた。

「下僕どもであるはずがなかろう。己の心の信じるまま、悪しきものを断つがよい」

やはり。ティグルの鋭い目は、それをはっきりと捉えていた。霧から伸びてきたのは、手である。前脚ではない。とはいえ、もう少し説明が欲しいところだ。ケットはティグルの顔を見て、不満なありさまが見えたのだろう。

「猫には猫の戦の作法がある。下僕には下僕の戦の作法があろう。猫は賢明ゆえ、下僕の作法に口を出さぬ」

不機嫌そうに、そう告げてきた。ぐだぐだ考えずにとっとと戦え、ということだろうか。

霧の向こう側から獣の遠吠えが響く。イオルが「狼男だ！」と叫ぶ。ティグルは獣の声がした方角の霧をじっと睨みながら、「狼男って、この島ではどういう伝説なんだ」と訊ねる。

「羊飼いの間では有名な昔話で、狼男の物語はいくつもあるんです。満月の夜に羊を食らう話、不義の娘を食らう話、罪を犯した者を食らう話、それから……」

あまり役に立ちそうなことは聞けないようだなと判断し、「そのあたりは、後で詳しく聞こう」とイオルの言葉を遮る。

「具体的に、対策は」

「銀……そう、銀の剣です！」

あいにくと、そんな特殊な武器は持ち合わせていない。

「銀貨を投げつけて、何とかならないかな」

「そういう言い伝えはありませんが……ティグル様、投げてみますか？」

ちらりとケットを見れば、首を小さく横に振っている。路銀を無駄にするだけのような気がした。

「リム、神器で何とかできるだろうか」

「わかりません。ですが」

霧の向こう側から、何かが飛び出してきた。今度は身を低くした四つ足の動物だ。本物の狼だった。それが、一度に二匹、別々の方向から霧を破って跳躍してくる。

「こっちは、ただの狼なのか」

リムがそのうち一匹の正面にまわったのを確認して、ティグルはもう一匹に向かって矢を放った。矢は正確に狼の喉を貫き、一撃で絶命させる。リムの方をちらりと見ると、自分に対して飛びかかってきた狼を二本の小剣で上手く叩き落とし、その喉に神器の刃を突き立てた。狼は赤い血を噴き出して痙攣《けいれん》し、やがて動かなくなる。

耳をすませば、草を踏みしめ近づいてくる狼たちの足音はまだ聞こえる。霧のせいで、音が反響しているように感じた。四方のどこから飛び込んでくるか、さっぱり見当がつかない。

「互いを背にして警戒するんだ！　馬を盾にしてもいい！」

ティグルの指示に、若い兵士たちが慌てて従う。

健気《けなげ》にも、ここまで乗ってきた馬たちは逃げなかった。いや、よく見ると馬は子猫のケットを中心として固まっているようだ。

「仕方がない、下僕たちを守るのも我らの務めだ」

ケットが、獣たちの中心でひとつ鳴き声をあげた。霧のあちこちから、猫たちの鳴き声が山彦のように返ってきた。

ティグルは目を閉じ、音に集中する。狼たちがゆっくりと後ずさっていく音がする。荒い息遣いが遠くに消えていく。やがて、ひりつくような感覚が消えた。ティグルはほっと息を吐き、構えていた弓矢を下ろす。

「諦めて引いてくれたみたいだな」

そう、告げた。

†

倒した狼の死体を調べたが、森や高原に出没する、ごく普通の種であるという確認がとれただけだった。

一行はおそるおそる、霧の中に踏み込む。

狼の足跡に紛れて、明らかに二足歩行の生き物と思われる足跡が残っていた。狼を指揮する人か、人に類する者がいた、ということだ。イオルは狼男と言っていたが、確かにケットの反応も鑑みると、尋常な者ではない可能性は充分に考えられた。問題は、敵が人か人外か、ではない。その存在がどんな悪意を抱いて襲ってきたのか、どんな能力の持ち主か、どんな勢力の下で活動しているのか、であろう。

「無差別な襲撃だと思います。故に、予想以上の反撃を食らって撤退したのでしょう。最初から我々を狙った刺客であれば、もっと戦力を用意するでしょうし、もっとしつこく攻撃して来たでしょう」

リムが言った。

もっともな考えだ。ティグルたちを狙うなら、少なくともティグルが竜殺しと呼ばれていることは承知しているはずである。始祖アルトリウスを名乗る者からの刺客であれば、黒弓や双紋剣の情報も得ているだろう。霧に隠れて狼に襲わせる程度のことでは足止めにすらならないと先刻承知のはずであった。

「攻撃が温すぎる、ということか」

「ええ。兵を用意するならせめて五十から百、狼でも二十から三十で波状攻撃を仕掛けるくらいでなくては」

数で一斉に攻めて来られると厳しい。騎乗して距離をとっての戦いができるならともかく、濃い霧で視界が利かないなら、なおさらである。もっとも、霧がなければ、そんな状態で遭遇しないようこちらも警戒している。

依然として深い霧が立ち込めていた。まだ午前中だ、このまま夜まで待つわけにもいかないし、この状態では野宿も危険が大きい。

と——。

「ケット、どこへ行くんだ」

イオルが声をあげる。見れば、子猫は単独で歩き出してしまった。若者たちが馬を引き、慌てて追いかける。ティグルはリムと顔を見合わせた。

「ついて行きましょう。あの子猫が、ティグル、あなたの言う通りの存在であるのでしたら、何か考えがあるに違いありません」

「そうかな。そうかもしれない、どのみち今、どちらに進めばいいのか、手がかりもろくにないんだ」

ティグルとリムも騎乗して部下たちを追いかけた。イオルがティグルのもとへ来て、「いいんですか」と訊ねてくる。

「いいさ、イオル。いっそ猫の感覚を信じてみよう」

子猫は丘を登っているようだ。ほどなくして雨があがり、霧が薄くなってきた。

丘の上にたどり着いたとき、強い風が吹いた。霧が吹き飛ばされ、谷底が見える。朽ちた神殿の跡地が、そこにあった。

「まさか、こんなところに」

イオルが息を呑む。彼が知っている神殿跡とも、また違うようだった。

ここまで案内してくれたケットは、ひとつ甘えるように鳴いてティグルの馬を駆けのぼり、馬の首の根もとに寝そべった。

「川魚三匹だ。余は五匹でもよいほど素晴らしい仕事をしたが、寛大であるゆえ今回は三匹にまけておく。鴨もいいものだが、やはり魚を望むぞ」

ティグルには、そんな声が聞こえてきた。苦笑いする。今回ばかりは、褒美を奮発するべきだろう。

†

谷底の神殿跡は天井が倒壊し、蔓と苔に覆われていた。昨日訪れた狩猟の神の神殿と違い、手入れする者どころか長く訪れる者もなかったのだろう。その割には、獣たちに踏み荒らされた様子がない。

馬たちは、神殿に近づくのを嫌がった。若者たちの乗用馬はともかくティグルやリムが乗る選び抜かれた戦馬まで怯えるのは異様なことだ。ティグルは三人の部下に馬の扱いを任せ、自分とリムだけ徒歩で谷に下りていく。ケットが追いかけてきて、ティグルの肩に己の居場所をつくった。ひとつ鳴く。

「悪いな、つきあってもらって」

「余は下僕を守ると言った。猫は約束を守るものだ」

「助かるよ」

子猫と話しているティグルに、リムが奇妙なものを見るような目を向ける。彼らの間では会話が成り立っていると頭ではわかっていても、感情が追いついてこないのだろう。

谷底にたどり着く。ひんやりとした風が吹き抜けていた。すぐ近くで見る神殿跡は、どこか温かみがあるように見えた。

さて、今度こそアルトリウスの能力を暴き、双紋剣、いや双頭剣の扱いについて理解しなければならない。上手くいくだろうか。強く念じてみればいいのだろうか。

「リム」

ティグルは相棒に手を差し出す。リムは少しためらったあと、ティグルの手を握った。

並んで神殿の跡地に足を踏み入れる。

†

朝日が差す、屋敷の庭にて。

「妹を嫁にやる条件は、お前が私に勝つことだ！」

ひとりの男が、アルトリウスの前に立ちふさがっている。強い陽の光を浴びて銀色に輝く鎧をまとった若い騎士だ。精悍な顔つきで、今や背丈も伸びて青年となったアルトリウスより頭ひとつ以上、背が高い。右手には、やはり銀色に輝く剣を握っている。さぞ名のある名剣であろう。

男の後ろにはギネヴィアの姿があった。自分をかばうように立つ男に対して、心底、嫌そうな顔をしている。

「兄さん」

「おお、なんだギネヴィア、わが最愛の妹よ！　待っていなさい、われらを育ててくださった偉大なるお母さまに誓って、今すぐこの不埒な男を……」

「そんなこと言う兄さんは、嫌い」

男は、星々が落ちてくるような衝撃を受けたようだ。口をあんぐりと開け、固まってしまった。ぽろりと剣を取り落とす。銀色の剣先が地面に突き刺さった。男は慌てて愛剣を拾う。

その間、アルトリウスは面白そうな顔でふたりのやりとりを眺めていた。

「仲がいいのだね」

「無論だ！　私とギネヴィアは、偉大なるお母さまのもと、ただふたり、寄り添って暮らしていたのだ。偉大なるお母さまはおっしゃった。ギネヴィアを守る強い男に育て、と！　故に私は、ギネヴィアを守る！　貴様のような男の毒牙から、必ずや！」

「兄さん」

「何だ、妹よ！」

「最低です」

男は硬直した。また、男の剣が地面に落ちる。慌てて剣を拾うと、握りなおした。アルトリウスはその間もやはり微笑みを浮かべておとなしく待っていたが、この兄妹に任せていると話が進まないと判断して会話に割り込んだ。

「ランスロット卿、ひとついいだろうか」

「何だね、アルトリウス王。私はあなたがたとえ王だろうと、ギネヴィアの意に染まぬ婚姻には断固として反対する。いかなる悪からも害意からも、必ずや守ってみせる！」

「あなたがギネヴィアと共に湖の精霊に育てられたことは聞いている。様々な困難があったことも、ギネヴィアを守るために苦労したことも、承知している。故に……」

アルトリウスは、腰の二本の剣を抜く。双紋剣だった。その柄と柄をかち合わせる。白い輝きが生まれた。光が消えたとき、双紋剣は双頭剣となっていた。

「それはママの剣！」

「あなたの母君から預かったものだ。ギネヴィアをよろしく頼む、と申しつかった」

「だ、だとしても！」

「無論、あなたとも話をしたかった。生憎と、そのときあなたは大陸にいた。故にランスロット卿――どうか一手、希う」

ランスロットと呼ばれた騎士は、狂暴な笑みを見せた。

「よろしいのか、アルトリウス王。加減はできぬぞ」

「承知」

ふたりの男の決意を見たか、ギネヴィアは彼らから十歩ほど離れた。互いに、もはや彼女のことなど視野にも入れていない。お互い、獰猛《どうもう》に笑いながら、剣を構えている。男たちの本性であった。獣のような闘争心を剥き出しにしている。

ふたりは、互いに理解していた。これまで出会ったことがない強敵が、今、目の前にいる。己の全てをかけてぶつかるに値する相手がいる。そう、本能で悟っていた。

互いに膝を曲げ、いつでも動けるようにする。

「いざ、尋常に」

アルトリウスが告げた。

「勝負！」

ふたりの剣士はまったく同時に叫ぶと、地面を蹴って互いに飛びかかった。共に矢のような突進だった。刃と刃がぶつかり合う。

ティグルはこの光景を、アルトリウスの傍に漂う風のような存在となって見守っていた。確かに待ち望んでいた場面なのだが、別の意味で驚きしかない。

——円卓の騎士ランスロット、かの有名な湖の騎士。ギネヴィアの兄。

ランスロットが王妃ギネヴィアが魔物に殺された後、大陸に逃げた魔物を追って、二度とアスヴァール島に戻らなかったという経緯も以前に知った。なぜ、ランスロットがそれほどの熱意でもって復讐に邁進《まいしん》したのかは、これまで謎とされていた。

ギネヴィアの過去を覗いたリムから、兄妹の関係を聞いてはいたが……。

——これほど溺愛《できあい》する妹を殺されたんだ。無理もない。

その溺愛っぷりについては言いたいことが山ほどある。

——こんな酷いやりとり、アスヴァール王家の伝承には残せないよな。

円卓の騎士たちは皆、高潔で知られている。実際にそうだったかはともかく、王家によって編纂された伝承の中の彼らは、崇め奉られるにふさわしい人格の持ち主であった。中でもランスロットは私利私欲なく人々を救った伝説が多数残っている。誰もが憧れる湖の騎士。物語の中の彼に思慕《しぼ》の情を抱く婦女子は今でも多い。理想の騎士のかたち、完全無欠の人物、そんな風評である。

世の中には、あえて後世に遺さない方がいい物語もあるのだとティグルは知ってしまった。ギネヴィア王女もリネットも、こんな真実など知りたくないだろう。いや、かえって喜ぶだろうか。

――湖の精霊に育てられた兄妹と、湖の精霊がアルトリウスに渡した双紋剣。湖の精霊は三百年前の事情に思ったよりずっと関わっていた。それにしても、この人物が、のちに円卓の騎士ランスロットとなるのか……。

性格には少々問題があるようだが、その剣技に関しては伝承の通りであった。いや、伝承以上かもしれない。なにせ、アルトリウスを相手に互角以上に持ち込んでいる。

激しい剣戟は、ティグルの眼をもってしてもその全てを追いきれない。ふたりは攻守を入れ替え、目まぐるしく動きまわりながら斬撃をぶつけあい続ける。

そのたびに、足もとの地面が割れた。一合あたりの衝撃に足場の地面が耐えきれなかったのだ。ふたりは足場の悪化すらも織り込み済みで相手の一撃をいなし、反撃を入れ、素早く離れ、またぶつかり合う。

まるでダンスを踊っているようだ、とティグルは思った。剣舞。極まった剣と剣のぶつかりあいが、あまりにも優雅な踊りに見えてしまったのだ。

唐突に、両者が大きく距離をとった。

刃こぼれひとつない剣を構えて薄笑いを浮かべるふたりの剣士は、汗ひとつかいていない。

こんな激しい立ち合いすら、彼らにとっては肩をほぐす運動のようなものなのだろうか。

――ランスロットの持つ銀色の刃の剣も、やはり神器か。

双紋剣が双頭剣になっていることで、その切れ味が鈍ったということはないだろう。あれは、数打ちのものであれば容易く両断してみせる。伝承で、ランスロットの剣は何という名がついていただろうか。リネットたちなら当然のように知っているだろうが、リムならどうだろう。

互いの眼光が鋭くなる。ただ見ているだけのティグルの全身に、ぞわりとした感覚が広がった。アルトリウスとランスロットは、数歩の距離から互いの剣を振るう。

ランスロットの持つ剣の刃先が伸長して、アルトリウスを襲った。アルトリウスはそれを承知していたのだろう、双頭剣のうち赤い刃をそれに合わせる。かん高い音が響いた。アルトリウスはランスロットの剣を弾き、そのままの勢いで青い刃を振るう。剣先から発生した青白い衝撃波がランスロットを襲った。

双紋剣＝双頭剣は、ランスロット自身も認める通り彼の育ての親である湖の精霊がアルトリウスに贈ったものだ。その能力は、当然のようにランスロットも承知しているようだった。己に向かって来た飛び道具の衝撃波に対して、最小限の動きで身をひねり、紙一重でかわしてみせる。

ランスロットは回避と同時に微細な腕の動きで伸長した剣を操り、刃を返してアルトリウスに斬撃を見舞ってみせる。アルトリウスはふたたび双頭剣を返し、赤い刃から結界を発生させてランスロットの一撃を弾いた。

――凄まじい攻防だ。動きが速いだけじゃない、互いに癖の強い武器を、最小限の手綱捌きで操ってみせている。達人と達人が互いの神器を生かして戦うと、これほどのものになるというのか。

　戦いは激化する。ランスロットの握る銀の剣の刃は、伸長した状態から三つに分かれた。それぞれが独自の軌道を描き、アルトリウスを襲う。アルトリウスは双頭剣の青と赤の刃を自在に使い分け、赤い刃の結界も併用し、余裕をもってそれを迎撃してみせる。挙句、青い刃から放たれる衝撃波で反撃し、ランスロットに回避を要求する。

　ランスロットがほんの少し体勢を崩せば、アルトリウスはそれを好機と距離を詰め、伸長した刃の内側に潜り込む。ランスロットが剣を引いた。今度は銀の刃が収縮し、接近してきたアルトリウスを背後から襲う。

　アルトリウスは後ろに目があるかのような動きで身をひねった。銀の刃を紙一重でかわす。薄皮一枚、切り裂かれ赤い血が肌ににじむ。

　そのほんの少しの負傷と引き換えに、アルトリウスはランスロットの鎧に青い刃を突き立てようとする。絶体絶命に思われたランスロットだが、青い刃が身体に届く寸前、全身にまとった銀鎧のうち左手の手甲が黄金色の輝きを放った。

　アルトリウスはとっさに剣を引き、身を横に倒す。その本能からくる行動はまったくの正解だった。銀の手甲から放たれた光の束はアルトリウスの脇をすり抜け、近くの木をなぎ倒してなお拡散せず、宙に消えていく。

「機を逃したか」

ランスロットは舌打ちした。必殺の一撃のつもりだったのだろう。アルトリウスは苦笑いして距離をとる。

「どうして、どうして。ランスロット卿、あなたは油断のならぬ相手だ。立ち合いで傷を負ったのは久しぶりだよ。まさかこのわしに追いつくとは」

「そもそも、この剣から逃れることができるという時点で道理を曲げる所業《しょぎょう》だよ。これは相手がどれほど離れていようと、どこまでも追いかけて貫く必中の刃。それを薄皮一枚で逃れてみせるとは……。もっともギネヴィアを娶るなら、これくらい目をつぶってても避けてもらわねばね」

「無茶を言う。わしの身体は人と同じだ」

「そうとは思えぬが」

互いに致死の一撃を放った直後だというのに軽口を叩きあうと、また同時に地面を蹴って斬撃を放った。鋭い剣戟の音が耳朶《じだ》を打つ。

──俺では、その半分も見切ることができないか……。

ティグルは両者の動きを懸命にその目で追い続けた。少しでも情報を得るために、少しでもリムの助けとなるために。

ティグルは剣士ではない。狩人の目である程度の動きは追えるものの、その剣先までに至る細かい動作、どうしてそう動くのかという理が、彼の内にはない。己の内に理がなければ、見えてくるものも見えてこない。アルサスで剣を教わったとき、そんな言葉を聞いたことがあった。自分には生涯をかけても無理だなと思ったものだ。

弓と矢の理なら、よく理解できるのだが……。

――駆け引きが高度すぎる。

ティグルの当惑を他所に、戦いは激化の一方を辿る。どちらも興が乗ったのだろう、一層、その一撃に威力が乗る。剣を振るうたびに爆発が起こり、地面を踏みしめるたびに土が抉られ宙を舞う。場所を移し、無数の穴ぼこをつくりながら、後に無数の伝説をつくる両者は激突を続けた。

ランスロットが、哄笑《こうしょう》する。楽しい、もっと戦いたいと叫ぶ。アルトリウスもそれに応え、いっそう激しい斬撃を見舞う。

ギネヴィアは、とちらりと見れば、離れたところでふたりの衝突を眺めながら、胸もとでぎゅっと手を結んでいた。

――あそこに、今、リムがいるんだろうか。

今のティグルでは、彼女の気配を感じることはできない。きっと見ているのだろう、と信じることしかできなかった。少しでも、この戦いで彼女が何かを掴めて欲しい。そうであってこそ、この遠征にも意味が出てくる。

アルトリウスとランスロットの戦いはひとつの頂点に達した。双方、打ち合わせた刃を弾かれた勢いで間合いを取ると、そこでぴたりと動きを止める。

戦いをやめたのではない。次の動きが取れないのだ。視線と剣先の僅かな動きだけで相手を牽制している。そこまでは、ティグルでもわかった。互いの具体的な駆け引きについては、さっぱりわからない。

互いに、汗の雫が頬を伝い落ちる。

ギネヴィアの、唾を嚥下《えんか》する音がひどく大きく聞こえた。森から風で飛ばされてきた木の葉が、両者の間をひらりひらりと舞い落ちていく。

木の葉が互いの目線を遮った瞬間、地面が爆発し、互いの姿が消えた。

いや、凄まじい力で地面を蹴って、姿が見えなくなるほどの機敏さで動いたのだ。

剣戟の音だけが響き渡った。ティグルが瞬きしたとき、ランスロットとアルトリウスは、両者の位置を入れ替えて姿を現す。一撃を放った姿勢のまま、互いに背を向けていた。

ひとつ、大きく呼吸をするほどの間、どちらもぴくりとも動かなかった。

やがて、まずランスロットが高笑いを始める。続いてアルトリウスが肩を震わせて笑い出した。ふたりとも、剣をもとの形に戻すと鞘に納める。

「私の負けだ」

ランスロットが振り返り、言った。彼が着る銀色の鎧、その胸もとには浅い傷がひと筋、ついていた。

「見事だった。アルトリウス王、あなたに私の忠誠を捧げさせて欲しい」

「無論」

アルトリウスも振り返ってランスロットと視線を交える。互いにひとつ、大きくうなずいた。

歩み寄り、握手を交わす。

拍手の音が響いた。ふたりが横を見ると、ギネヴィアが近づいてくる。

「ずるいわ」

そう、こぼした。

「結局、私なんて剣の勝負をするための餌だったのね、兄さん。腹立たしいったらないわ」

「そういうわけではない」

「どうだか！　兄さんなんて嫌い！」

「待ってくれ、妹よ！」

つんとそっぽを向くギネヴィアを、ランスロットが慌てて慰める。

†

ティグルの意識は神殿跡地に戻った。ほぼ同時に、リムが繋いでいる手に力を入れる。

「見ました」

「ああ、見たな」

ふたりで、簡単に過去の光景の話をした。やはり、同じ場面をティグルはアルトリウスの傍で、リムはギネヴィアの傍で観察したようだ。

リムは、アルトリウスとランスロットの戦いについて語って欲しいと言ったティグルに対し、眉をひそめた。

「あのような無体なものを見て、何を言えと」

「リムの目から見ても、無茶苦茶なのか、あのふたりは」

彼女は長く戦姫のもとで戦ってきた。エレオノーラだけでなく、複数の戦姫の戦いをすぐ傍で見てきたという。アレクサンドラの戦姫としての現役時代すらも知っている。

その彼女をして、「無体」と言わせるのが先刻、ふたりが見た光景であった。ある程度、予想はしていたとはいえ、何とも困ったことだ。

「もはや神話です」

リムは言う。

「あれは、人が為《な》せる行いを超えています。このアスヴァールの地で信仰の対象となった理由もわかろうというものです。単純にふたりが剣技を比べている段階ですら、私には剣筋がろくに見えませんでした。あまつさえ、互いが神器の力を使い始めてからは……。これまで、始祖アルトリウスと円卓の騎士の伝承は、のちの世の王家がある程度大げさにして編纂したのだと思っていました。少なくとも剣技については、伝承のままか、あるいは伝承よりも本人の実力が上なのでしょう」

手放しの賞賛であった。ティグルとしても、感嘆の声をあげて大喜びしたい活劇であった。あれが、のちに戦うことになるはずの敵でなければ、心から大喜びしたことだろう。

「精霊の力を持ったアルトリウスはともかく、ランスロット卿は……あれは、何なのでしょうね。左の手甲から放った光、あれもまた神器の力なのでしょうか」

「ランスロット卿は湖の精霊に育てられたそうだけど、普通の人とは生まれが違う、とかいう可能性もないだろうか」

「充分にありえますね。始祖アルトリウスがあのような存在なのです。同時期に精霊の血を引く者がいても不思議ではありません。——まあ、ランスロット卿については措いておきましょう。今、私たちが探るべきはアルトリウスについてです」

あのギネヴィアは、どうなのだろう。ティグルが聞いた言葉から判断するに、彼女はただの人のようだった。卓越した騎士を兄として、希代《きたい》の英雄の妻となった女性である。彼女についての記録はほとんど残っていないらしい。魔物に殺されたという事実も隠蔽されている。そのあたりについては無理もない。

「ギネヴィアには、兄に対する深い愛情がありました」

過去の光景を見ている間、ずっと彼女の傍にいたリムは言う。

「ギネヴィアは、剣を振るうことができるようになった兄が名を揚げ功を成すと告げて生まれ育った森から出ていった理由を、自分のためだと考えていました。ランスロット卿は大陸をまわり、さまざまな戦いに加わって……傭兵のようなことをしていたようです。充分な功績と金を得て、アスヴァール島に戻ってきた。そうしたら、彼の大切な妹は、アルトリウスとかいう、成りあがりの若い王と恋仲になっていたわけです。しかも、当時のアルトリウスの土地は、周囲が敵ばかりでした。いつ滅ぶかもわからない、できたばかりの小さな国です。ギネヴィアは、そんな王のもとへ嫁ごうとしていました」

「それは、肉親として、確かに複雑な気持ちになるだろうな」

「ええ。ランスロット卿がアルトリウス王を剣で試したのも、当然のことでしょう。この戦いを経て、ランスロット卿は王に仕える騎士のひとりとなるわけです。円卓の騎士でも最強と謳《うた》われた彼の、その始まりですね」

なるほど、ギネヴィア側で得た情報と総合すると、あの一幕の意味も見えてくる。アスヴァール建国史における、たいへんに重要な場面であったのだ。その内実は、あのようなものなのだが……。

それは、今のティグルとリムにとって何の関係もない。

「双紋剣については、どうだ」

ティグルの言葉に、リムは動揺したように口を閉じた。観察を続けた結果、ティグルは彼女のことを、表情豊かな人だ、と思うようになっている。思ったより感情を隠すのが苦手なのではないか、とすら。

「わかったような、わからないような」

しばしためらうように沈黙したあと、リムはそう返事をした。

神殿跡地から出る。リムは双紋剣を抜くと、柄と柄を合わせた。だが、何も変化しない。輝きも生まれなければ、くっついて双頭剣になることもない。

「何か、きっかけが必要なのでしょう。それが何か、今の私には見当もつきません。アルトリウスは苦も無くこなしていましたが……」

「エレオノーラ様は、己の竜具と対話するのだったか」

「対話とまでは行きませんが、戦姫は竜具の声ならぬ声を聞くのです。私も、双紋剣の気持ちを多少なりとも理解できるようにはなりました。あの影法師を相手にしたとき、双紋剣の怒りの声を聞きました。ですが、私とこの剣とは、もっと深い対話が必要なようです」

リムは剣を鞘に納めた。

「まあ、いいさ。この地にはまだ、別の神殿跡があるだろう」

ティグルは丘の頂上を見上げた。三人の若者たちが、こちらに向かって手を振っている。

彼らの故郷の近くにあるという神殿跡は、ここことは別のはずだった。きっと、まだチャンスは残っている。


神殿にいるうちに夕方になっていた。神殿の傍の谷底で一泊する。火の番はこれまで同様、ティグルとリムも含めて全員が交代で行った。

焚火の周囲を狐がうろつくくらいで、何の襲撃もなかった。

†

†

夜が明ける。この日は霧が薄く、雨も降っていなかった。旅にはいい日だ。

「あっちです。もう大丈夫、ちゃんと村まで案内できます」

イオルたちは、今度こそ迷いなく先導してくれた。

早朝から、五人と一匹を乗せた馬は高原を進む。丘を登り、下りて、また登る。昼が過ぎ、しばらく経った頃、イオルが馬を止めた。

「あっちの丘に羊の群れがいます。隣村の羊ですね。あ、でも」

彼が指さす丘の上で、羊たちが群れをつくっていた。その羊たちが、激しく動きまわっている。牧羊犬の吠え声が聞こえてくる。

「狼だ」

イオルは緊張した声で呟いた。ティグルは目を凝らす。丘の中腹で数匹の狼が群れからはぐれた羊を追い立てていた。群れを牽制する狼もいるため、牧羊犬が群れから離れることができず、はぐれた羊を守れないでいる。はぐれた羊は懸命に逃げまわるが、息を切らし、間もなく限界が来ることは明らかだった。群れの羊たちが悲しそうに鳴いている。

「ティグル様」

「わかっている。羊を守るぞ」

距離は二百アルシン（約二百メートル）ばかり。ティグルは黒弓に矢をつがえ、狼に狙いをつけて、放つ。今しもはぐれた羊に飛びかかろうとしていた狼の腰部を射貫いた。狼は吹き飛ばされ、丘の斜面を転がり落ちていく。

残る狼たちが首を巡らせ、狩りを邪魔する者を捜した。狩猟者が動きを止めたその瞬間に、群れからはぐれた羊が丘を駆け上がり、群れに飛び込む。

獲物を仕留める機会を失った狼たちは、未練がましく丘の上を窺《うかが》うも、ティグルが何度か空弓を放つと、その音に怯え、逃げ去っていった。

「よかったあ。流石、ティグル様だ」

イオルたちが安堵《あんど》の息を漏らす。

壮年の大柄な男が丘の上から姿を現し、丘を駆け下りてきた。

「おお、助かった！　本当に助かったぞ、旅の騎士様！　うちの可愛い羊を守ってくれて、感謝の言葉もない！」

と、男はイオルたちの顔を見て、唖然とした表情となる。

「まさか！　まさか」

壮年の男は叫ぶ。

「お前たち、生きていたのか！　何て素晴らしいことだ！」

「叔父さんです。隣の村に住んでいる」

イオルが説明してくれた。

「叔父さんは、村で居場所がなくなった俺たちに隣村に住まないかと言ってくれました」

イオルの叔父という壮年の男は、丘を駆け下りてくると、その太い腕でイオルたち三人をまとめて抱きしめた。

「今日はとびきりに悪いことと、とびきりに良いことが同時に起きる日だな！」

その言葉に、ティグルたちは互いに顔を見合わせた。

第3話　羊飼いの村

「失礼だが、あんたたちは？」

壮年の羊飼いは、イオルたちを抱擁から解放し無遠慮にティグルとリムを眺める。身なりがいいティグルたちに対して、臆するところがまったくない。あらかじめメニオやイオルたちに聞いていた通りである。これが高原地方の羊飼いなのだ。

ティグルとリムは簡単に挨拶をした。自分たちは騎士であり、イオルたちを従者としたこと。出会った詳しい経緯は省き、メニオの優秀さを語った。

「メニオ？　ああ、あの都会かぶれか。規則が、規則がとうるさい奴で、隣村の村長も煙たがっていたが……まあ、あんな奴でも役に立つ場所があるならよかった。それよりイオルたちはどうだ、迷子の羊を見つけ出すのが上手いだろう」

やはり価値観が大きく違う。ティグルは笑顔でイオルたちを褒めつつ、メニオもさぞ苦労しただろうなと考えた。

「今日起こったという『とびきりに悪いこと』について、詳しい話を聞かせていただけますか」

ティグルは羊飼いに訊ねる。

話はしばらく前にさかのぼるという。

ペナイン山脈の西部、高原地方の羊飼いは、大規模な牧畜で生計を立てている。数人から多いときには十数人で、自ら育てた牧羊犬を相棒として、気まぐれに動きまわる羊の群れを管理するのだ。

数十頭から数百頭の羊たちは、高原のあちこちに広がって、思い思いに草を食む。羊たちは気まぐれで、それぞれが個性的で、個体によってはひどく自分勝手だ。時には谷底まで行ってしまったり、隣の村の領域に迷い込んだりもしてしまう。自分たちの群れに隣村の羊が紛れ込むようなことは日常茶飯事で、だから他所の村とも連絡をとりあい、頭を下げたり融通したりする交渉能力も必要だ。

他の土地の者たちは羊飼いを偏屈で不愛想な連中だと蔑む。それは外の共同体における理屈だ。羊飼いたちには羊飼いたちの理屈があり、羊飼いたちのコミュニティがある。外とは隔絶したコミュニティだが、それは羊飼いたちの生活が相応に過酷で、相応にそれに特化する必要があるからだった。

羊飼いたちは独立独歩で活動していた。無論、交易は必要だから外部への道は開けているし、税を納めるべき領主もいる。戦時ともなれば村の若者を兵に出す。だがそれは、アスヴァール島の他の地域に比べれば最小限のものである。王家もその状況について口を出すことはなかった。

少なくとも、これまでは。

始祖アルトリウスは羊飼いだったという伝説が、この地方にはある。その始祖アルトリウスが蘇り、高原地方の存在するアスヴァール島西部も己の勢力圏に納めたという。

だからといって、蘇ったと自称するその者に全面的な忠誠を誓う意味はない、と羊飼いたちは考えてきた。もっと言えば、どうでもよかった。

「自分たちのことは、自分たちで解決する。それが俺たち高原の羊飼いの矜持《きょうじ》だ」

イオルの叔父は誇らしげにそう言って、胸をそらす。

彼らはあまりにも長い歳月、実際にそうしてきたのだろう。アスヴァール島の統一から三百年、外敵の侵入もなく、いざこざの相手はせいぜい近隣の村や町で、そこに住む者たちは羊飼いが誇り高く、団結心が強いことを骨身に染みて知っていた。

端的にいって、カタギの者が敵にするには面倒な存在であるということだ。故《ゆえ》に、これまで羊飼いたちは外部にも内部にも深刻な問題を抱えていなかった。

「今年の春も、そうだった。東の方で色々あったらしいが、俺たちには関係ない。今年も今まで通りだと思っていた」

内戦で若者を兵に取られたとはいえ、ここは高原地方、戦場はペナイン山脈を挟んだはるか東である。

風向きが変わったのは、それからしばらくした頃だ。

「あぁ、あれは……夏の初めくらいだった」

壮年のいかつい男は、呻くような声を出す。

「あちこちの村で、消えていったんだ」

「消えた？　何がです、叔父さん」

イオルの問いに、男は「いろいろだ。最初は羊だった」と返事をする。

「次に牧羊犬が死体で発見された。鋭い牙で残忍に噛み殺された痕があった。ついには、人が消えた」

すぐさま大規模な捜索が行われた。失踪した者を捜し、誘拐犯を退治するために、武装した羊飼いたちが高原のあちこちを探索した。知恵をつけた狼の集団が犯人という可能性もあるため、狼を追うのが得意な狩人たちも参加した。

「捜索に出た羊飼いのうち、実に四人にひとりが帰還しなかった。あいつらは痕跡も残さず、跡形もなく消えたんだ」

村人たちは恐怖した。自分たちの土地で、何かとてつもなく恐ろしいことが起こっているに違いないと理解した。

「村長たちが相談して、領主様に助けを求めることを決定した。誰も文句は言わなかったよ」

この期に及んでは、もはや矜持も信念も関係なかった。誇りより恐怖が上まわったのだろう。

イオルの叔父はことの経緯を語る間、何度も円卓の騎士と始祖アルトリウスに祈りを捧げていた。祈りの言葉は東方のそれとだいぶ違っていて、そういえばイオルたちは出会ってからしばらく、似たような祈りの言葉を呟いていたなと思い出す。

「それで、どうなったんだ」

ティグルは訊ねた。壮年の男は、くたびれた様子で首を横に振る。

「領主様は俺たちの声に応えてくれた。自前の軍を派遣してくれたんだ。だが……丘陵の奥に向かった兵士たちは、ひとりたりとも戻って来なかった。全滅だ」

そして、今朝のこと。更なる怪異が発生した。

「隣の村から人が消えたんだ。全員だ。牧羊犬は何かに噛まれて、血を流して死んでいた。羊だけは無傷で残っていたらしい」

壮年の羊飼いは、また大きく身を震わせた。イオルが慌てる。

「待ってくれ、叔父さん。隣の村って」

「ああ、イオル。お前たちの村だ」

三人の若者が息を呑む。この地を訪れる前、あの村に未練はないと言っていたものの、何も思うところがないわけではないのだろう。

「全員……消えた？　うちの村から？」

「狼男だ。きっと狼男が出たんだ」

一番若い少年が呟く。ティグルは、昨日、戦った狼の集団を思い出していた。狼のように毛深い、鋭い爪を持つ人のかたちをした手。そんなものが霧から伸びてきたあの戦いのあと、イオルたちは狼男の伝説を簡単に語ってくれた。

結論から言うと、この地方におけるそういった物語は、ティグルやリムも知る、どの地方にもあるようなおとぎ話とほとんど同じようだった。とはいえ、彼らがこの地方の物語を全て知っているとも限らない。

「この地の伝承において、狼男は人をさらうのですか」

念のためとリムがこの羊飼いにも聞いてみた。

「そういうおとぎ話もあるが……。狼男がいくら大食いだからって、一日で村の全員を食っちまうものかねえ」

羊飼いは戸惑《とまど》いながら返事をする。

「昨日までは、普段通りだったんですか」

「わからん。最近、あの村とは疎遠だったからな」

イオルの叔父が住む羊飼いの村、つまりイオルたちの隣の村では、親たちの争いで居場所がなくなってしまった三人の若者に同情する声が大きかったという。別の村といってもイオルの叔父が住んでいることからわかるように、高原の村々は互いに婚姻等で繋がっている。三人の若者を隣の村で引きとろう、という話もあった。

その話が具体化する前に、メニオの手引きによって、若者たちは兵隊として旅立ってしまった。メニオは村でも立場が特殊で、隣村の人々が彼に接触する間もなく行動に及んでしまったようである。彼からすれば、三人の若者を村から連れ出すことは喫緊の課題であった。

以後、ふたつの村は、少し険悪な雰囲気になったそうだ。

村の内側で争っているうちはいいが、調子に乗ってこちらの村にも難癖をつけられてはたまらない、という懸念もあったらしい。

「とはいえ、うちの連中が村に残された羊の状態を診断した限りじゃ、村人が消えてから何日も経っているはずがないって話だ」

そのあたりの見立ては、なにせ羊飼いなのだ、信用していいだろう。ティグルとリムはどういうことかと考え込んだ。その間に、羊飼いは若者たちと話をしている。

「なあ、イオル。うちの村は騒ぎのせいで男手が足りないんだ。なんなら、うちの娘たちをやってもいい」

その誘いに対して、しかしイオルたちは一様に首を横に振る。

「俺たちはもう、ティグル様の部下です」

ティグルの故郷、ブリューヌの片田舎であるアルサスまでつき従う覚悟であると、彼らは以前、誓いを立てている。若者たちの迷いのない言葉にティグルをしげしげと眺めた羊飼いは、「なるほど、たいした御仁だ」とわけしり顔でうなずいていた。

「騎士様、イオルたちはいい人の部下になった。始祖アルトリウスもお喜びになるでしょう」

その始祖アルトリウスと敵対しているのだが、ここで彼の信仰を否定しても意味はない。

「俺が、そんな立派な騎士に見えますか」

ティグルは首をひねった。竜殺しのふたつ名を知らない初対面の相手にそういう評価をされたのは初めてだったのだ。

「視線が違う。こうして丘の上に立っていても、遠くの狼を見て警戒し、近くの羊たちにもよく目を配っている。いい羊飼いの素質だ。先ほど弓の腕も見せてもらった。あなたがいれば、羊たちは安心して草を食める」

イオルの叔父の評価は嬉しかったが、彼の言葉は騎士の資質とはちっとも関係がないように思える。羊飼いとしては最高の評価なのだろう、ということもわかる。彼らの価値観を理解して会話することを意識しなければ。

「今日は、村人全員が失踪した隣の村を調べに行っている奴らと、俺みたいに羊の面倒を見る奴らに分かれて行動しているんだ。何せ、いつもの半分でやっているからな、犬たちもすっかり疲れちまってる。そのせいで、狼が近づくのを許しちまった。日暮れまでに村に戻れるかどうかわからん。お前たち、ちょっと手伝って貰えるか」

問われて、イオルたちはティグルを見た。ティグルはリムと視線を交えたあと、自分たちも手伝おうと告げる。

「羊の扱いはわかりませんが、俺やリムでも周囲の監視くらいはできるでしょう」

すでに夕方近い。日が丘の向こうに落ちる前に羊たちを囲いの内側に集めておく必要があるという。その間、先ほどのように狐や狼たちが近づいて来ないか監視する者が必要だ。必要に応じて追い払う場合もある。そういった役目なら、狩人たるティグルが得意とするところだった。正直、騎士としての職務よりよほど気が楽である。

「助かるよ。手を動かしながら話をしよう」

この時期、羊飼いたちは村ごと移動して高地で暮らす。近くに夏用の仮設村があり、女たちはそこで仕事をして、男たちの帰りを待っている。仮設といっても、しっかりした柵で囲われ、狼といえど容易には入って来られないはずの安全な場所だ。

イオルの叔父の村では、その安全な場所で、深夜、若い未婚の女性が失踪した。

最初はどこぞの男と逢引《あいびき》でもしているのかと思ったようだが、朝になっても戻って来なかったうえ、その家の牧羊犬は小屋の外で死亡していた。無残な噛み痕があり、狼に襲われたと思われた。女性の両親は、娘が外に出て行ったことにまったく気づかなかったという。

よく訓練された牧羊犬が吠え声もあげられずに噛み殺されたというのも、奇妙なことだ。人攫《さら》いの仕業とも思えぬ、異様な状況だった。

狼男にさらわれたのだ、という噂が立った。

事件はそれだけにとどまらず、羊の失踪や、他の村人の失踪が続いた。皆が不安に駆られている中で、今朝、隣の村ひとつ、まるごと人が消えるという事態に発展したわけである。

すでに領主への報告は終わったが、先日の一件もあり領主はすっかり怯えてしまい、兵を出すことすら嫌がったという。仕方なく、こちらの村の男たちが隣村の様子を詳しく調べに行った、というわけだ。放置された隣村の羊に対して、最低限の面倒を見てやる必要もあった。羊飼いとしての矜持である。

「領主様がおっしゃるには、王都から偉い人が派遣されて来るから、その到着を待てってことでな。毎年、税を納めてやっているというのに、肝心なときに役に立たない」

税を納めている、ではなく納めてやっている、というあたりに羊飼いの生き方が表れているような気がした。

男はさんざんに領主の態度を愚痴りながら、複数の牧羊犬を駆使し、手際よく羊たちを獣避けの木柵の内側へ誘導してみせる。三人の若者たちは、阿吽の呼吸でそれを手伝った。村は違うとはいえ、幼い頃からやっていたことだ、とあっという間に協調してみせる。

「ありがとうよ、騎士様、イオル。おかげで助かった」

夕日が西の丘に没する前に、一行は夏村へ赴いた。

小高い丘のまわりに柵を巡らせ、その内側、丘陵沿いに藁ぶき屋根の粗末な小屋が立ち並ぶ、素朴なつくりの村だ。冬期はこの村を丸ごと放棄するため、隙間風を気にするより風通しよくすることを念頭に置いてつくられているという。

村人たちは、ティグルと同行する若者たちを見て驚き、彼らの無事を喜んだ。

「お前たち、死んだとばかり思っていたぜ」

三人の若者の顔見知りはやはり多いようで、特に若い世代同士で親しく肩を叩き抱き合って喜んでいる。

——彼らを連れてきてよかった。

ティグルは心からそう思った。

イオルは、同じくらいの年の少女とふたりきりで話を始めていた。なるほど、彼がもう一度だけと、この地に戻ってきたがったわけとは彼女のことかと理解する。

——イオルがここに残りたいというなら、少し寂しいが歓迎しないとな。

「空き家を適当に使っておくれよ」

世話焼きな壮年の女たちが、イオルたちに箒を渡す。自分たちで掃除をしろ、ということらしい。その率直さは好ましかった。ティグルは少し銭を握らせ、馬を彼らに預けた。

「村長に挨拶をしたい」

ここまで連れてきてくれた羊飼いに告げる。

村長の家といっても、村全体を一望できるよう丘の上に建てられているだけで、そのつくりは他の家とほとんど変わらなかった。ティグルたちが羊飼いと共に近づくと、家の前に立派な馬が止まっていた。ここまで案内してくれた羊飼いが首をかしげる。

「あなた方以外にも、村に来客があったようだ」

ティグルはリムと顔を見合わせた。もしかして、先ほど羊飼いが話していた、領主が頼んだ援軍というやつだろうか。偽アルトリウス派の者たちがティグルの存在に気づくと厄介なことになる。一度、出直すべきかもしれない。

だが、何か発言する前に家の扉が開いた。中から出てきた人物が、「おや」と少し驚いたような声をあげる。

ティグルは絶句し、思わず弓に手をやりかけて、その動きを止めた。

目の前になぜ、この人物がいるのか。頭が理解を拒絶していた。

「あなたは……っ」

リムもまた、彼女らしくもない動揺した様子で腰の剣を抜きかけて、その動きを止める。相手が、彼女らしくもない困り顔でティグルたちを観察しているからだ。戦いの姿勢を取らないどころか、のんびりと思案している、という風情だ。

「これはなんとも、奇縁という他ないね」

その人物は、皮肉そうに言った。黒髪が揺れる。黒曜石のように澄んだ双眸《そうぼう》が、ティグルとリムを交互に眺めた。やがて、態度を決めた、とばかりにひとつうなずいてみせる。

「こんなところで、君たちと出会えるとは。やあ、久しぶり、と言うべきかな」

「アレクサンドラ様」

かろうじて、傍らのリムが声を出す。

敵対している現在の立場を忘れた、敬称。かすれた声だった。目を、信じられないものを見た、といわんばかりに大きく見開いていた。

対して、相手の女性は、にやりとしてみせる。

円卓の騎士アレクサンドラ。少し前の一大会戦でティグルたちと戦った、偽アルトリウス派の要たる存在にして、元戦姫。エレオノーラからはサーシャと呼ばれる、彼女の親友。一度死んで、蘇った者。赤黒い神器の使い手。

間違いなく、敵だ。そのはずだ。なのに、彼女は武器を構えもしない。

以前の戦いを見た限り、今は完全に彼女の間合いのはずだった。剣を抜けば、ティグルなど抵抗のしようもなく、無論のこと背を向ける暇もなく斬り殺されてしまうだろう。だからなおさら、迂闊《うかつ》に動けないのだが……。

「先に、僕の立場を明らかにするべきだろうね」

彼女は、これみよがしのため息をつくと、首を横に振った。

「君たちがどういう理由でここに来たかはわからないが、今、敵対する気はないよ。僕がここに来たのはギネヴィア派の英雄を討ち果たすためじゃない」

そう言った後、口もとに手を当てて考え込む仕草をした。ティグルとリムの顔を見渡したあと、よしとばかりにうなずく。

「君たちの来訪を歓迎したい。相談がある」

　アレクサンドラは自然体で、右手を差し出してくる。

　ティグルは毒気を抜かれて、差し出されたアレクサンドラの手を握るのもためらわれ、困惑したように相手を見つめ続けた。

「歓迎？　相談？　いったい」

「君たちの横の羊飼いに、何か聞かなかったかい？」

　ティグルは、はっとする。そうだ、異変が起きて、この地の領主はアルトリウスに助けを求めたという。そして今、彼女が目の前にいる。円卓の騎士が。

　彼女こそが、コルチェスターから来た、失踪事件を解決するための援軍なのだ。

　いや、しかし。なぜ、円卓の騎士アレクサンドラなのだ？　よりによって、彼女ほどの重要人物が派遣される？　それはつまり、アルトリウスを名乗る者がそれだけこの地に起こったことを重要視したということである。

　始祖アルトリウスと円卓の騎士たちが三百年の時を経て蘇った理由について、以前、ティグルは円卓の騎士ボールスに教えてもらったことがあった。

「魔物だ」と、彼は言ったのだ。

今回、円卓の騎士アレクサンドラがわざわざお出ましになった理由は……。

——彼女はかつての円卓の騎士じゃない。蘇った理由は違うのかもしれないが。

円卓の騎士である以上、無関係とは思えない。

「魔物、なのか」

その言葉を出した瞬間、アレクサンドラは眉をわずかに動かした。リムが首をかしげる。

「どういうことです、ティグルヴルムド卿」

「彼女がここにいる理由だ。ボールス卿とガラハッド卿の言葉を思い出していた。今、この地では不可解なことが起きている。東で戦争が起きているというのに、コルチェスターはわざわざ円卓の騎士を派遣した。円卓の騎士でなければ抗しえない脅威が、この地にあると考えたからだ」

ティグルが語った内容は、七割くらい当てずっぽうだ。魔物、と言ったとき、アレクサンドラの顔にわずかな変化があった。だから思いつくまま、まくしたててみた。

何もかもわかった風に喋ってみせたのは、はったりである。上手くいくかどうかはわからなかった。

ただ、まあ。はったりを見抜かれたとしても、特に問題はないだろう。最初の相手の態度から考えて、そう思えた。はたして……。

「思った以上にしたたかなのだね、君は」

アレクサンドラは、朗らかに笑ってみせた。どうやら、はったりの部分は見抜かれていたようだ。そのうえで、積極的にはったりをかけたことを評価されたらしい。

そういえば、彼女は生前、ジスタートの戦姫として公主をしていたのだったか。こういった駆け引きはお手の物だろう。もっとも、それはティグルの傍らに立つリムもだいたい同じなのだが。

「君の言葉を一部、肯定しよう」

アレクサンドラは言った。

「一部、というのは、敵が魔物と確定したわけではないからだ。陛下はこの地の出来事に注目し、強い懸念を抱いておられる。この地におそるべき脅威が潜んでいる可能性を検討し、僕を派遣した」

だから、と彼女は続けた。もう一度、右手を差し出してくる。

「相談がある。お願いがあるんだ。僕に手を貸して欲しい。この地に潜む何者かの目的をくじき、高原に平和をもたらす、そのために一時休戦の申し入れをしたい」

†

――奇妙なことになった。

ティグルはリムを見た。リムはため息をつき、口を開く。

「ティグルヴルムド卿、ひとつ断言いたしましょう。この方は、このようなことで嘘をつきません。騙し討ちの懸念を抱いているなら、そのような心配は無用です」

「その気があるなら、とっくに斬り殺されているだろうしな」

ティグルは肩をすくめ、せいぜい不敵に笑ってみせた。

先に戦場で出会った円卓の騎士アレクサンドラは、まるで死そのものをまとったヒトではない何かであったと思う。名のある騎士たちが、彼女ひとりに鎧袖一触《がいしゅういっしょく》で蹴散らされていた。彼女にこの距離まで接近された時点で、ティグルひとりであればもう詰みである。

だが、今の彼女からは、あのときのピリピリした雰囲気を感じない。怜悧な視線でティグルを観察してくるものの、そこにはどこか、温かみ、慈しみのようなものが感じられた。

「リムは、エレンと仲良くしていた時代の僕をよく知っているからね」

「今のあなたは戦姫ではありません」

「その通り、僕は円卓の騎士アレクサンドラ。円卓の騎士の名にかけて誓おう。君やリムを背後から襲うような真似《まね》はしない。君たちが高原地方を出るまで、必ずやその身の安全を保障しよう」

ティグルとリムは顔を見合わせたあと、うなずきあった。その誓いは信じていいと思った。

この国において、円卓の騎士の名においての誓いは軽いものではない。たとえ彼女の生まれがジスタートであったとしても、今、アレクサンドラという人物はアスヴァール王国の象徴たる概念を背負っている。

「わかった、この場では戦わない。そのうえで、ひとまず詳しい話を聞かせて欲しい。協力するかどうかは、それからでいいだろうか」

「もちろん、それで構わない」

ならば、とティグルはアレクサンドラの差し出してきた手を握った。温かい掌だった。


いつまでも立ち話というわけにもいかない。アレクサンドラの借りた小屋で話をすることになった。彼女が連れてきた十名ほどの騎士たちは、この村の周囲の偵察の後、住民が失踪した隣村に向かわせたという。ティグルたちが彼らに遭遇しなかったのは、幸いなことだった。

急いで掃除されたのだろう、物置小屋と言った方が正確に思えるその家の中は少し埃臭く、運び込まれたばかりと思われる木製の机と椅子だけが真新しい。

ティグル、リム、そしてアレクサンドラの三人は、アレクサンドラが持参した紅茶にたっぷりと山羊のミルクを入れて口に運んだ。ハーブの香りが鼻孔をくすぐり、気分を落ち着かせてくれる。

お互いの情報を交換した。

といっても、ティグルたちがここに来た理由を正直に説明するわけにはいかない。まさか、あなたの主であるアルトリウスを倒す手がかりがここにある、それを探しに来たなどと言って相手がはいそうですかと済ませるわけもなかった。

調略の一環、とすることにした。

この地の領主と会うついでに配下とした若者たちの故郷に伝手《つて》を求めて来た、という話をリムが語る。かなり苦しい言い訳だが、出立に際しメニオに渡されたギネヴィアからの委任状が、ティグルたちの言葉に最低限の説得力を与えた。念のための準備が、意外なところで役に立つものである。

「経緯は以上ですが、この地は現在、それどころではなさそうです。謎の失踪事件が発生したとか。当初の計画が破綻《はたん》した以上、私たちはすぐにでもここを立ち去るのが筋でしょう」

「不器用な駆け引きだと思うが、いいだろう。ひとまず、君たちの話で納得しようじゃないか。で、わざわざそういう話に持ち込んだということは……」

アレクサンドラは机に身を乗り出す。

「何か、見たのだろう」

ティグルはうなずき、彼女の求めるまま、この高原地方に足を踏み入れた後に出会った、ふたつの怪異について語った。

黒い人のような、影法師とでもいうべき何か。霧の中から襲ってきた狼たちと、リムの神器を弾いた鋭い爪を持つ手。狩人たちが、この地で最近、そういったものたちがうろついていることに気づいているという話もした。

「君たちを疑うわけではないが、そのような事件は領主の報告にはなかった」

「そちらは、この村に来るまで何の事件も起こらなかったのですか」

「僕たちは南の街道沿いに来たんだ」

ペナイン山脈の南に広がる森の、さらに南部には東西を繋ぐ治安のいい街道がある。そこを通ってきたが故に、アレクサンドラは円滑にこの村までたどり着けたという。

「怪異が本当に発生している、という話だけでも重要だ。君たちにいきなり襲いかからなかった僕の判断は極めて正しかったということだね」

「そのようなつもりもなかったでしょう、アレクサンドラ様」

リムが呆れた様子でアレクサンドラを睨む。アレクサンドラは快活に笑って、「サーシャでいいよ、リム」と言った。ティグルに対して「君もね」と補足する。

「かわりと言ってはなんだが、君のこともティグルと呼んでいいだろうか」

「もちろんだ。よろしく頼む、サーシャ」

サーシャと呼ばれて、相手は嬉しそうにうなずく。

「話を戻そう。サーシャ、黒い人のようなものを倒したあと、これが残った」

ティグルは二重に布で包んだ小瓶を取り出した。瓶の蓋を取り、その底にこびりついた黒い泥を見せる。サーシャは小瓶を手に取り、持参した白い布の上に泥を落とした。数日経ったからか、泥は乾ききっている。サーシャはそれを、ランプの明かりに照らして、興味深そうに眺めた。

「黒い泥、ね。これは預かっていいだろうか。少し調べてみたい」

「構わない。俺たちが持っていても、何もわからないだろうからな」

サーシャには考えがあるようなので、任せることにした。怪異についての調査と解決のために来た彼女である。専門家を連れてきているのかもしれない。

こういったものを調べる専門家とは、さていったいどのような人物なのかという興味はあったが、そこまで深入りするのはまだ早い。

「僕たちは高原地方に入って数日というところでね。先ほど、ここの村長に話を聞いて、隣の村がたいへんなことになったことを知って、とりあえず部下をそちらに派遣させたよ。明日はどこから手をつけるべきか、村長とあれこれ打ち合わせをしていたところで、君たちがやってきたというわけさ」

サーシャ側が抱えている情報は、これまでにティグルたちが羊飼いから聞いたものとあまり変わらなかった。高原地方のあちこちで羊や動物が消えていること。ついには村人まで消えていったこと。調査に行った村人の四分の一が帰還せず、領主が派遣した兵士はひとりも帰還しなかったということ、などである。

たったそれだけの情報で、虎の子たる円卓の騎士が赴いた。

その理由は、この地で発生した怪異の元凶が魔物である可能性があると、円卓の騎士たちの主であるアルトリウスが考えたからだ。

「魔物とは何なのですか。私たちは円卓の騎士であるボールス卿とガラハッド卿から、その名を聞きました。ヴァレンティナ様も、その名を知っているようでした。ですが、具体的に魔物というものが実在して、どういった活動をしているのか、どういった姿かたちをしているのか、といったことについてはまったくの無知なのです」

リムが率直に訊ねた。サーシャは、ああ、と笑う。

「そういえば、ヴァレンティナは元気になったかい？　深手を負わせたとはいえ、あれくらいでくたばる奴じゃないだろう」

「少しずつ回復しています。まだエザンディスの力は使えないようですが、じきに復調するでしょう。その後は、私たちの伝言を持ってジスタートに戻って頂く予定です」

「ジスタートの魔物に対応するために、だね」

ティグルとリムは息を呑んだ。

――いきなり、とんでもない飛び道具を投げてきたな。

ジスタートに魔物が存在するかもしれない、という話はヴァレンティナともしていたが、まさかサーシャの方からそれを肯定してくるとは。

「驚くことじゃない。弓の王がジスタートの攻略にこだわっているのは、彼らが魔物をかくまうからだ、ということらしいよ。僕はこれ以上、あちらに手を出さない。そういう約束だから、よく知らないけどね」

平然と、さらにとんでもないことを語りだす。正直、リネットあたりに今すぐ飛んで来て欲しかった。ティグルでは手に余る。助けを求めるようにリムを見た。がんばれと目線で訴えかける。リムはため息をついた。

「サーシャ、人が悪いですよ。ひとつひとつ話をしましょう。こちらでもある程度、予測はしていましたが、やはりあなた方は、魔物という存在を倒すために生き返り、活動しているのですね」

「ああ、全体としては、そういうことになる。もっとも、全員がその目的のために一致団結しているわけじゃないし、僕も陛下のお考えを全て理解しているわけじゃない。君たちには話せないこともある」

「では、先ほどまでの発言は全て話してもいいことだと解釈いたします。賢明なあなたのことです、迂闊に口を滑らせたという可能性はないでしょう、その前提でお話しいたします。ジスタートの戦姫と話し合いの場を持てば、無用な戦いは避けられたのでは？」

「実際に、一度、話をしようとはしたらしいよ。無理だった。盛大にぶん殴ったうえでやっぱり話し合いをしよう、なんて言って聞くようなエレンたちじゃないから、仕方がない。でも、さっきも言ったけど僕は詳しいことを知っているわけじゃないんだ。あちらに関しては、ほぼ全て、弓の王が仕切っているからね」

また、とんでもない情報が出てきた。弓の王についても色々と訊ねたいことがあるが、ぐっとこらえる。今、それは本題と関係がない。

重要なのは、アルトリウスを名乗る者と円卓の騎士たちが、そこまでしてでも魔物を滅ぼすために戦っているということである。彼らはそのうえで、ギネヴィアを執拗《しつよう》に追い詰めてもいる。見境なく何にでも喧嘩を売っているのかと思えば、今回はサーシャの方から協力を要請してきた。

「そちら側の判断基準がわからないな」

ティグルは正直に言った。

「今回に限って、俺たちにそこまで親切になるのは、いったいなぜだ」

「敵の情報を集めた限り、リム、君の武器が特に有効そうだと判断したからさ」

ティグルとリムは、リムの腰の双紋剣《カルンウェナン》を見た。赤と青の剣、サーシャたちに対して、特にその力を発揮する武器である。

いや、待て。ティグルはふと思う。あの黒い人のような何かに対しても、リムの武器は有効だった。

「蘇った死者」

「その通りだ。これは陛下の推測なのだが、今、その武器には、蘇った死者に対して憎悪の念を燃やす湖の精霊の力が宿っているのだね」

ティグルは驚きの表情を懸命に隠して、今のサーシャの言葉について考えた。

今、彼女は何と言った？　陛下の推測？

それは、おかしい。双紋剣をリムが持っているという情報は、アルトリウスに伝わっているということだ。そのうえで、アルトリウスは双紋剣の性能について推測した。

ティグルとリムは双紋剣が三百年前、アルトリウスの武器であったことをすでに知っている。蘇ったアルトリウスは、双紋剣の性能などとうに承知していなければおかしい。

——これは、いったいどういう齟齬だ？　サーシャが嘘をついているとも思えないが……。

考えられる解釈はひとつだ。三百年前の双紋剣には「蘇った死者に対して憎悪の念を燃やす湖の精霊の力」が宿っていなかった、ということである。

「君たちが疑問に思うのも無理はない。僕も未だによくわからないのだからね。これは陛下から聞いた話だけで結論づけたことではない。僕が死ぬ前に得た情報も含めて、総合的に判断したことだ」

「ジスタートで得た情報、ということですか」

「レグニーツァの公主であった頃、僕は奇妙な話を耳にした。人が黒い影のようなものになって動きまわり、他の人を襲うという話だ。討伐されて動かなくなったそれは、黒い灰のようなものに変わってしまうという。吸血鬼の伝説に結びつけられて、それはレグニーツァのあちこちで噂されるようになった」

「影法師……」

吸血鬼の伝説。ブリューヌ生まれのティグルも、そういう昔話くらい聞いたことがある。人の血を吸い己の仲間を増やす化け物のおとぎ話だ。そんなものはお話の中だけの存在だと断言できたのは、このアスヴァール島に来るまでである。

今やティグルは、妖精や精霊の存在を知っている。死から蘇った者たちがいる。魔物という存在について、断片的ではあるが話に聞いてしまった。吸血鬼はいない、などとどうして断言できるだろう。

「初耳です」

リムが言った。公主であるエレオノーラのもとに仕え、サーシャの死後は公主代理《アドワール》としてライトメリッツ全体の差配をしていた彼女である。とはいえ、他愛のない噂話までいちいち彼女の耳に入るわけではない。

事実、ティグルはライトメリッツにおける日々で、市井の酒場に赴き、リムが知らないような噂話をいくつも仕入れてきていた。どこそこの商人が穀物を買い占めているという話。遠くの町で疫病が流行ったという話。

噂話の大半は尾ひれがたっぷりとついたものであったし、嘘も多かった。幾重にも裏どりして、初めて役に立つような、単体では何の役にも立たない話ばかりである。リムはそういう話をティグルから聞いては、情報を扱う際の基礎について事細かく説明してくれたものだ。

「ですが、そのレグニーツァでの話は気になりますね。倒されて黒い灰のようなものに変わる影法師とは、我々が出会った存在にとてもよく似ています」

リムが、先ほどサーシャに渡したばかりの謎の物体について考えているのはわかった。黒い影のようなものになって人を襲う。サーシャの語ったレグニーツァでの噂は、まさしく、ティグルたちがこの高原地方で遭遇した出来事なのである。

レグニーツァとアスヴァール島には、船で十数日の距離がある。なぜ、これほど類似した怪異が発生するというのか。

「ですが、このあたりでの失踪事件は、どうなのでしょう」

「僕も村長から話を聞いた。若い女性が失踪し、死んだ牧羊犬には狼の噛んだ痕があったそうだね。ひょっとしたら、この一帯で起きた事件は黒い影法師とは何の関係もないのかもしれない。僕としては、まだ完全にそうとは言いきれないと考えているが……それはひとまず、措いておこう。今は、どうしてレグニーツァで影法師の話が吸血鬼と結びつけられて語られたかについて語らせて欲しい」

ティグルもそれは気になっていた。先ほどのサーシャの話だけでは、黒い影法師と吸血鬼の伝説の相関関係は「人が人を襲う」という点くらいしかないように思える。

「レグニーツァの一部にある吸血鬼の伝承だ。吸血鬼というからには人の血を吸うんだが、この伝承では、血を吸われた人が黒い灰になるんだ。黒い灰は、まるで生前の人のように動く。自分の家に帰ってきて、家族を襲う。黒い灰に襲われた人もまた、黒い灰になる。やがて村ひとつが黒い灰の人だけになって、彼らは隣の村を襲った。ついには黒い灰の軍団が生まれた。レグニーツァはその軍団によって窮地に追いつめられる。生き残った人々を助けたのは」

サーシャはにやりとする。

「後にジスタートの王となる黒竜の化身と、後にレグニーツァの戦姫となる女性だった。彼らは黒い灰を払い、吸血鬼を退治した。めでたし、めでたし。リム、どう思った？」

「ジスタートでよくある、物語の終わり方の典型ですね。このアスヴァールの伝承で、どこにでも円卓の騎士が出てくるようなものです。この国では、とりあえず円卓の騎士が出てくれば話はめでたしめでたしで終わります。それと同様でしょう」

ジスタートにおいては、同じく三百年前の群雄割拠《ぐんゆうかっきょ》の時代、黒竜の化身を称する男が七つの部族から捧げられた七人の女性に七つの武具を与え、彼女たちと配下の部族を率いて周辺を平定することで国の基礎を築いたとされている。

始祖アルトリウスと円卓の騎士の伝説も似たようなものだが、この国の場合、ジスタートと比べても圧倒的に円卓の騎士に関わる物語が多い。それだけこの地の民に愛され、信仰されているということだ。

ちなみに、円卓の騎士で一番人気があるのは湖の騎士ランスロットである。ランスロット卿が妹を過剰に溺愛《できあい》していたという物語は寡聞にして聞いたことがない。都合の悪い真実は隠蔽されるものなのだろう。

「吸血鬼の名前も伝わっている。ストリゴイだ」

ストリゴイ。ティグルは小声で呟き、その響きを何度も確かめた。

「その者が、魔物なのですか」

「そこまでは、わからない。先ほども言った通り、僕も全てを知っているわけじゃない。ただ、最悪の可能性を考えた場合、僕を派遣するのが適切だと陛下は判断なされた。僕が帰還しなければ、あるいは僕からの報告次第では、大陸に戻ったふたりの騎士を呼び戻すことになるだろう」

「ボールス卿とガラハッド卿か」

始祖アルトリウスを名乗るコルチェスターの現在の支配者は、この地で起きている異変をそこまで危険視しているということだ。弓の王は未だにジスタートで戦姫と戦っているとして、残る手札はアルトリウス自身くらいだ。だからといって王自らがこんな辺境に赴くわけにはいかないということだろう。

ひょっとすると、かの人物は、ギネヴィア派の全軍よりもこの地の異変に危機を感じている可能性すらある。

「大陸に戻ったボールス卿とガラハッド卿を呼び戻すのは気が引ける。何とか僕だけで処理したい。そう思っていたら、ちょうどいい戦力がこの村にやってきた、というわけだ」

「私たちは仮にも敵と味方で、先日は殺しあった間柄です」

「だが、君たちは民が痛めつけられることをよしとしない。先日、君たちの先遣隊が行った暴挙についても心を痛めているだろう？　違うかい、リム」

リムは苦虫を噛み潰したような表情になった。ティグルも先遣隊の蛮行については耳にしている。

命じた貴族たちはともかく、戦の熱に浮かされた兵士たちまで責める気はないが、それでもひどくやるせない気分になったものだ。

自分たちの弱点を突かれたな、と思った。目の前の女性は、ティグルとリムの性格まで読み抜いたうえで、今の話を持ち出してきた。ティグルたちが断れないように先まわりしている。兜を脱ぐしかない。

リムは深い深いため息をついた。

「卑怯ですよ、サーシャ」

「リム、政治に卑怯なことなんて何もない。君もよく知っているはずだ。ティグル、君はどう思う？」

「どのみち、俺たちの安全を保障してくれるなら手伝うつもりだった」

ティグルはまっすぐにサーシャを見つめた。悪戯っぽい表情の奥で、黒曜石の双眸は強い意志の輝きを見せている。瑞々《みずみず》しい、生きる活力だ。とうてい一度死んで蘇った者だとは思えない。

「もうひとつ、今、気づいた。サーシャ、あなたは先遣隊の横暴な様子を見て、俺とリムがあの場にいない、あれに関わっていないと見抜いたんだな。だから、安心して小人数で奇襲を仕掛けた」

リネットが言っていたことを思い出す。貴族の性格を調べることで、彼らの採用する政策がわかる。どの貴族が軍団を率いるかで、その軍団の行動指針がわかる、とも。

ギネヴィア派は誰が指揮官か宣伝していなかった。

あのとき、ティグル、リム、それにギネヴィアというギネヴィア派の中枢三人がデンの町から遠く離れた場所に赴いていたからだ。

それは円卓の騎士ガラハッドの決闘の要請に応じるためであり、結果的にたいへんな戦果と情報を得られたのだが……。偽アルトリウス派としては、ガラハッドから決闘の情報を得ていたとしても、実際にティグルたちが誘い出されるかどうかは未知数であっただろう。

だからこそ、サーシャはティグルヴルムド＝ヴォルンという人物の調査を行い、先遣隊には彼が関わっていないと判断できた。大胆な作戦行動で勝利を得た背景には、そうした緻密な人物鑑定があったということだ。

「目的を明確にしたい。俺たちが手伝うのは、あくまでもこの地で羊や人をさらったり牧羊犬を殺したりする存在を退治することだけだ。あなたの言う魔物、吸血鬼、ストリゴイ……それが関わっていても、いなくても、それが害意のない輩であるなら、俺たちは関わらない。そういうことでいいだろうか」

「なるほど、ティグルヴルムド卿は魔物退治を好まない、と」

「敵意のない相手とまで争う必要を認めない、と言って欲しい」

サーシャはティグルをまっすぐ見つめたまま少し黙った後、「いいだろう、その条件で同盟だ」とうなずいた。

「他に何か、聞きたいことがあるかい」

「細かい部分を確認したいと思います」

リムが口を挟む。この先の細部については、彼女に任せた方がいいだろう、とティグルは黙った。何事にも、向き不向きがある。

貴族には二種類いるのだ。具体的には、書類の細かいひっかけに気づく者と、気づかない者。ティグルは後者で、リムやメニオは前者である。

ティグルはふたりに断って、小屋の外に出た。

落ち着かない表情をしたイオルたちが小屋の前にいた。気づけば少し離れたところで、この村に案内してくれた羊飼いとその仲間たちが遠巻きにしている。ティグルたちとサーシャの緊張に気づいているのだろう。

「あの、ティグル様。敵の将軍と交渉しているみたいな話を聞いて」

「円卓の騎士アレクサンドラと俺たちは、休戦することになった。この村を、この地を守ることを優先する、というのがお互いの総意だ。俺たちがこの高原地方を出るまで、休戦は続く。絶対に、ここを戦場にはしない。安心して欲しい、と村の人たちに伝えてくれ」

あえて彼らにも聞こえるように、大きな声で宣言する。

村人たちが、ほっとした様子で胸をなでおろしていた。


リムとサーシャは、ティグルが出ていった後もあてがわれた小屋でふたり、サーシャが持ってきた酒を酌み交わす。ここの村長から貰ったものだ。

今なら互いの立場が壁となることもない。いったん口を開いたら、とめどもなく言葉が出てきた。話すことは尽きなかった。

「エレンがいれば、どれほど喜んだことでしょうね」

「僕としては、君がヴァレンティナと組んだことに驚いているよ」

「手を結んだわけではありません。たまたま、お互いの利害が一致したのです」

リムは苦笑いをこらえて告げた。感情を込めなかったつもりだが、サーシャは当然のようにそれを見抜いたのだろう、さもありなんと笑い転げている。彼女の敵にまわったというのに、呑気（のんき）なことだ。ヴァレンティナの不意討ちを受けても傷ひとつ負わなかった自信が為（な）せるものだろうか。いや、そもそも戦場とこの場を完全に切り離しているからなのだろう。サーシャという女性には、そういうところがある。

「最初に君の話を聞いたときは、びっくりしたよ」

「私の話、とは」

「アスヴァール島に君がいると聞いて」

ああ、とリムはうなずく。本来はジスタートにいるはずの人物が、船で十日は離れたこの地にいれば、誰だって驚くだろう。

「奇妙な偶然なのです」

リムは自分とティグルが体験したことを正直に語った。海戦で竜に捕まったこと、ティグルがその竜の背に飛び乗ったこと。サーシャは笑い転げた。

「信じられない話だけど、他ならぬ君が言うんだ、信じるしかないね」

「私だって冗談くらい言います」

「冗談なのかい」

リムは首を横に振った。冗談であれば、どれほどよかっただろう。荒唐無稽な物語よりもっと荒唐無稽な現実がわが身に降りかかった。こうして冷静に語ってみると、性質の悪い夢の中の出来事に思えてくる。

「エレンのことをどう思っているのですか」

今度はリムが訊ねた。

サーシャは笑って「今でも親友だと思っている」と返事をする。

「生まれ変わろうと、僕が経験したものは、僕だけのものだ。何も変わらない。ただ、今の僕には新しい立場がある」

「国と国の間のこと、だけでしょうか」

暗に訊ねたのは、魔物のことだ。サーシャは笑顔で「もちろん、話せないこともある」とそれを肯定してみせる。

「サーシャ」

いくらかのやりとりの後、リムは思い切って訊ねてみた。

「あなたは、生きているのですか」

「僕個人としては、生きているつもりだよ」

返事は、思ったよりも頼りない言葉であった。彼女のことだ、もちろんだと返してくると思ったのだが。

「意外に思うかい？　前の僕の身体は、いつも僕の期待を裏切った。病と闘うのが僕の日常だった。僕にとっての生は、病と共にあったんだ」

でも、と彼女は杯の中身を飲み干す。

「今のこの身体は違う。いくら酒を飲んでも具合が悪くならない。多少、無理をしても熱を出したりしない。君に傷つけられた腕も、見ての通り、もう傷跡ひとつ残っていないだろう？」

以前の彼女は不治の病に冒されていた。若くして病によって死んだ。そんな身体とのつきあいこそが生の全てであったのだというなら……。

「この身体になって、初めて知ったよ。呼吸をするのはこんなにも楽なものだったんだね」

それは、認識がすりあわないだろう。リムは思う。

「ですが、それは素晴らしいことでは？」

「素晴らしいことだよ」

リムはサーシャの杯に酒をなみなみと注いだ。

「でもね。僕は忘れていた。こんな素晴らしい世界があることに、気づかなかったんだ」

もう何度目かわからない、乾杯を交わす。

サーシャのこの言葉は心の裡からの実感だった。

「でもね。僕は忘れていた。こんな素晴らしい世界があることに、気づかなかったんだ」

それからサーシャは、ふとエレンのことを思いだした。彼女の親友だった銀閃の風姫を。

――君の信頼するリムと、存在を賭けて戦っている僕が言えたことじゃないけど……。エレン、僕は君に幸せになってほしいと思っている。それから、もうひとつ。己の意志を貫き、命を輝

かせてほしい。たとえば、生涯の伴侶を得るというものでもいい。どんな形でも、君ならきっと……。


ティグルが小屋に戻ると、リムとサーシャはすでに話し合いを終え、ふたりで一杯やっていた。羊の乳を発酵させた酒で、ここの村長から貰ったのだという。ティグルも一杯貰った。かなり酸っぱいが、旅の後の疲れた身体にはこの酸味が心地いい。

「リム、俺たちが泊まる部屋は確保した。君はどうする」

リムとサーシャは顔を見合わせ、うなずきあった。この小屋を使うということだろう。予想通りだ。幸いにして、サーシャは現在、供の者を連れていない。

「わかった。俺は改めて村長に会ってくる」

「こまごまとしたことをお任せしてしまって申し訳ありません、ティグルヴルムド卿。本来ならば、副官である私の役目です」

「いいさ。せっかくの機会なんだ、リムはゆっくりしていてくれ」

酒盛りを続けるふたりを置いて、またすぐに小屋を出た。

このつかの間の同盟が終わればまた敵同士になる。その時は、今度こそ命の取り合いとなるだろう。だからといって、リムにはこのひと時の逢瀬《おうせ》を無駄にして欲しくはなかった。

夕日が小高い丘の向こう側に落ちようとしている。イオルが先ほどの少女と立ち話をしていた。相手は泣いているように見える。

「イオルのやつ、この村に残ってくれって懇願されたんですよ。でも、断っちまって。自分はティグル様の部下だから、どこまでもついていくって」

ティグルの様子に気づいた若者たちが言った。何と言っていいかわからず、ティグルは「そうか」と首を縦に振る。

「お優しいティグル様なら、イオルが残りたいと言えば快く承諾してくれるって、俺たちはわかってます。でも、イオルだけじゃありません。俺たち三人は、全員、ティグル様について行くって決めたんです」

彼らの信頼に応えられる自分でありたいと思った。そのためにも、この地に潜む何者かをあぶりだす必要がある。

ティグルは村長の家に向かった。

出迎えてくれた村長は壮年の羊飼いで、恰幅のいい男だったが、今ばかりは憔悴した表情をしていた。これだけ怪異が続いたのだ、無理もない。

彼に改めて挨拶をして、サーシャとの交渉の結果を伝えた。村長は心から安堵《あんど》した様子で、ティグルの手をとり、しきりによろしく頼むと繰り返す。

「ティグルヴルムド卿、あなたが優しい人なのは、わかります。何せ、あの子たちがなついていますからね」

ティグルの若い部下三人のことは、隣村であるここの人々の方がよく知っているということだ。彼らに認められて、誇らしい気持ちがある。

この地では、まだ何も達成していないというのに。そもそも、ティグルたちがこの地に赴いた理由は神殿だ。魔物だか吸血鬼だか、そういったモノとの戦いをする予定などなかった。まして や、偽アルトリウス派と協力するなど、後でギネヴィアやリネットが聞いたら何と言うだろうか。

いや、リネットならこの状況も自分たちの有利なように利用するような戦略を立ててしまうかもしれない。自分やリムは、何とかサーシャと対等に渡り合うだけで精一杯なのだが。

陽が沈み、月が昇る。

篝火《かがりび》が夏村を照らす。村人たちが豆と羊肉のスープを振る舞ってくれた。これにも羊の乳が入っているのか、酸味が強い。スープを一気に飲んでむせてしまうと、年配の女性たちに笑われた。むきになっておかわりを頼み、今度はスープをゆっくりと味わって飲む。香草の匂いが鼻を突いた。羊の肉の臭みを消す工夫なのだろう。

「よく食べる子は、いい羊飼いになるよ。うちで働くかい?」

食べっぷりがよかったからなのか、スープをよそってくれた女性に背中を叩かれ、そんなことを言われてしまった。子ども、という歳ではないが……と思ったものの、よくよく考えればティグルはイオルと歳が同じである。貴族としての教育を受けているかどうか、という違いがあるだけだ。

この地の人々には、貴族と平民の区別などないのだろう。それこそ、以前にイオルが言っていた通り、羊の毛を刈るのが上手いかどうか、だけなのだ。

「ティグル様。ワインもありますが、いかがですか」

イオルが持ってきた酒を、ティグルは首を横に振って「それはみんなで飲んでくれ」と言った。これまでの情報から、謎の怪異が夜に襲撃してくる可能性を考慮していた。そういうことなら、と若者たちも酒を村人に返してしまう。

「今日はひと晩中、篝火を焚くそうです。見張りは俺たちが交代でやりますから。ティグル様はしっかりとお休みください」

宛がわれた空き家にはベッドが四つあった。そのうちのひとつを借りて、横になる。すぐに眠気が押し寄せてきた。ここ数日、気を張り続けていたせいだろうか。あっという間に、意識が闇に引きずりこまれる。

†

ティグルは、柔らかくて温かい何かに額を何度も叩かれて目を覚ました。

窓から差し込む篝火の明かりに照らされた、猫の肉球が目の前にあった。猫の髭が頬をくすぐる。顔に乗っかっていたケットを抱き上げて、ベッドの上で上半身を起こす。猫の王は、かわいらしい声で鳴いた。少し、なごんでしまった。

「下僕、笑っている場合ではない。来るぞ」

「何が？」

「まだ寝ぼけているな。引っ掻くか？」

「やめてくれ」

そのとき犬の吠え声と絹を裂くような悲鳴が聞こえてきた。ティグルの眠気が吹っ飛ぶ。飛び起きて、ベッドの傍に立てかけてあった黒弓と矢筒を握った。夜襲を警戒し、靴を脱がないでおいて正解だったなと思う。

他のベッドをちらりと見る。イオル以外の若者ふたりが、この騒ぎにもかかわらずぐっすり眠っていた。イオルは外で見張りをしているのだろう。

「起きろ！　騒ぎだ！」

部下に声をかけて、彼らがむくりと起き上がるのを確認してから外に出ようとすると、目の前で扉が開いた。慌てたイオルが目の前に立っていた。

「ティグル様、出たようです」

何が、とは聞く必要がない。

「悲鳴の聞こえた方に案内しろ」

矢筒を背負い、駆け出すイオルの後を追った。こちら側に駆けて来る者がいる。ティグルたちをこの村まで案内した、イオルの叔父の羊飼いだった。泡を食った様子で、口をぱくぱくさせている。

「叔父さん、どうしたんですか」

「ああ、イオルか！　黒い人影が、いくつも柵を越えてきて……。何だ、ありゃあ。犬がわめいてるから気づいたんだ。イオル、お客人、あいつらが何か、知っているのか？　あいつらが娘たちをさらったのか？」

「あなたがたは丘の上に逃げてください。イオル、俺の方は大丈夫だ。一度戻って、他のふたりを連れて、各戸に呼びかけてくれ」

「避難させるんですね。わかりました、ご武運を」

イオルたちを見ていて思うのは、彼らが他の兵士と違い、血気に逸《はや》らずティグルの命令を忠実にこなすことを第一に考えて行動してくれるということだった。かといって頭がまわらないわけではなく、こうして言葉の足りない部分を読み取ってくれる。この旅の途中、少し話をしたが、彼らはそれを、自分たちが羊飼いだからだ、と胸を張って告げた。よい羊飼いは規律と柔軟な思考を併せ持つのだと。

イオルたちが駆けていく。

――リムとサーシャは、騒ぎが起これば自分たちの判断で最適の行動をとるだろう。俺がやるべきは、まず敵をこの目で確認することだ。

ティグルはひとりで村のはずれに向かった。数日前に遭遇した黒い影法師が、三体、ふらつきながら村の奥に入って来るところだった。数匹の犬が、さかんに吠えて牽制しながら、のろのろと前進する影法師のまわりを飛びまわっている。

よく訓練されているとおぼしき牧羊犬たちは、迂闊に自分から攻撃を仕掛けることはないが、かといって逃げもしなかった。勇敢さと慎重さを併せ持っている。

一匹が影法師に威嚇《いかく》するように近づいた瞬間、一体の影法師は思いのほか俊敏な動きで犬に飛びかかった。犬に覆いかぶさり、その首にかじりつく。恐るべき力によって、犬の首が引きちぎられた。首筋から迸《ほとばし》る血を浴びて、影法師の身体がわずかに膨らんだような気がした。血を啜って力を増す化け物なのだろうか。本当なら、それこそまさしく吸血鬼、だが……。

残りの犬たちは、いっそう激しく吠えた。影法師が犬に近づく。犬たちはじりじりと下がりながらも、健気《けなげ》に影法師たちを囲み、牽制を繰り返す。

ティグルは犬たちの奮闘に応えるべく弓を構えて、放った。矢は影法師の額に突き刺さる。影法師の身体が吹き飛ばされ、柵に衝突する。衝撃で、その身がぐにゃりと歪んだ。

だが、それだけだった。引き絞られた弓弦のように反発し、前のめりに倒れたあと、影法師はすぐ起き上がって前進を再開する。

「やはり効果が薄いのか、そもそも効いていないのか」

ティグルはもう一本、矢をつがえると、善き精霊《シーリーコート》モルガンに祈った。左手の小指にはめられた緑の髪の指輪が淡く輝く。

矢を放つ。鏃の先端が輝き、光輝の筋をつくる。矢は先ほどと同じ影法師に吸い込まれ、光の爆発を起こした。光が消えたとき、その影法師は影も形もなく消え去っていた。

「これだけ力を込めれば倒せるのか」

視界内で残りの影法師は二体。ティグルは矢を二本、同時に弓につがえた。また善き精霊モルガンに祈り、放つ。二本の矢は光輝を帯びてそれぞれの影法師に吸い込まれ、光の爆発を起こした。

光が、消える。全ての影法師が消え去っていた。牧羊犬たちが鳴くのをやめ、ティグルのもとへやってくると、口々に甘えた声で鳴いた。ティグルは周囲を警戒し、後続がないことを確認したあと弓を下ろして、牧羊犬たちの頭を撫でてやる。

「お手柄だったな、お前たち」

それから、首をちぎられて殺された犬に駆け寄った。首筋の噛み痕を確認する。力まかせに引きちぎられていた。以前、影法師たちに切り込んだリムがもしこうなっていたら、と考えると身震いが抑えられない。

「見事であった。褒めてつかわす」

いつの間にか犬の死体の傍にいた猫の王が、高く鳴いた。他の牧羊犬たちは子猫に対して頭を垂れている。どうやらこの犬たちは、完全に猫の王に服従しているらしい。

ティグルは肩をすくめて、顔をあげた。

丘を駆け下りてくる者たちがいた。リムとサーシャだった。

「ティグル、君に先を越されたようだね」

「ティグルヴルムド卿、遅れて申し訳ありません」

ティグルは、ふたりに状況をざっと説明した。

「他のところから侵入されている可能性もある。柵のまわりをぐるっとまわってみよう。俺とリムは左まわり、サーシャは右まわりで頼む」

サーシャはティグルが指揮を執ることに異論をはさまず、うなずくと駆けていった。牧羊犬が、猫の王の指示でサーシャについていく。指示を出した後、猫の王はひと声大きく鳴いてティグルの肩によじのぼってきた。

「猫の王は何とおっしゃっているのですか」

「油断するな、とさ」

ティグルが先頭に立ち、警戒しながら巡回する。その間に、犬の首が噛み千切られた様子を説明し、もし戦うことになった場合の注意を促した。

順に家の戸を叩き、まだ呑気に寝ていた者がいれば、賊が侵入した可能性を指摘して丘の上に走らせる。

三分の一周ほどした頃、行く手で剣戟の音が聞こえてきた。サーシャだ、とすぐ気づく。ティグルが何か言う前に、リムが走っていった。

「陽動かもしれません。ティグルヴルムド卿は陽動の警戒を！」

ティグルの相棒は、振り返ってそう叫ぶ。

「わかった、リムも気をつけてくれ」

もっともな話だったので、ティグルは一度、丘の上に駆けあがった。

村人たちが村長の家の傍で不安そうに身を寄せ合っていた。彼らに、現在、円卓の騎士アレクサンドラが対応していると告げ、安心させる。サーシャは新参といっても円卓の騎士の名は絶大で、村人たちは大きく胸を撫でおろしていた。

「どんな化け物がいたって、円卓の騎士様がいれば安泰だ」

そんな声が聞こえる。なるほど、信仰の力とはこれほどか、と感心してしまった。

丘の上からざっと村の周囲を確認してみる。周囲の篝火が邪魔で、遠くを見通せない。ケットに、そっと「どうだ」と訊ねた。

「不遜《ふそん》であるぞ、下僕。余は遠見ではない」

「川魚二匹だ」

「四匹。鳥もよいが、余は魚が好きだ」

夢中になって鴨肉を貪《むさぼ》っていたくせに。

「三匹で」

「仕方がない、今回は特別であるぞ」

子猫はティグルの頭の上に乗り、澄んだ声で鳴いた。丘の周囲、そのあちこちから、動物の鳴き声が返ってきた。

「わかったぞ。たくさん、である」

「それは十なのか、百なのか、それとも二百なのか。まさかとは思うが、千以上ということはないだろうな？」

「おお、何とわがままな下僕であろうか。群れの数より多いものを数える必要が、どこにあるだろう」

何の群れが基準なのだと思ったがそれは今、口に出すべきことではないだろう。ティグルは猫の王との相互理解を諦めて、もう一度、丘を取り巻く闇に目を凝らす。リムが向かったあたりで、何度か眩い光が生まれては、消えた。あそこではサーシャとリムが襲撃者と戦っているに違いない。

「この村は敵に囲まれているのか」

「先ほどから、そう言っている」

猫の言葉は難しいなとティグルは思った。

「敵はどれくらい柵に近づいて来ているのか。内側に入り込んだ個体は？」

「柵の内側には、まだ踏み込まれておらぬ。下僕たちを囲いの外に出さないよう、待ち構えているのだろう」

――これは川魚三匹の価値がある情報だな。

と、北の方で獣の吠え声がした。猫の王はティグルの頭を肉球で軽く叩く。

「今、声がした方から三つの不浄なるものが来る。間もなく柵に触れる」

「柵を越える瞬間がわかるか」

返事のかわりに、ケットは鋭い鳴き声をあげた。北の方から、同じ獣の声が返ってくる。

ティグルは猫の王を信じて黒弓を構えた。善き精霊モルガンに、先ほどより強く祈る。緑の髪の指輪が淡く輝いた。

「五、四、三」

猫の王の声に従い、弓弦を引き絞った。

「二、一！」

頭を肉球で叩かれた。矢を放つ。光輝を伴った矢は放物線を描いて飛翔し、村のはずれに落ちた。次の瞬間、目も眩むような輝きが広がった。村人たちが悲鳴をあげる。

「不浄なるものは浄化された。我が主の偉大なる恩寵である」

「タイミングを教えてくれて、ありがとう。心から、ありがたく思うよ」

「そのものいいは不遜、不遜であるぞ！」

ティグルは頭の上から子猫を退かし、ちょうど駆け寄ってきたイオルに渡した。

「ケットが騒いだら、構わないから放してやってくれ。動物の方が、危険をよくわかっているみたいだ。ちょっと行ってくる」

「ティグル様、どちらへ」

「リムたちに加勢する」

また、サーシャとリムが戦っているとおぼしき白い光が丘の麓で煌めく。

村のはずれで何かと戦っているのだろうが、あのふたりがこれだけの時間、戦うような相手とは何なのだろう。それとも、よほどの数がいるというのか。だとすれば、なおさら加勢が必要だろう。

ティグルは丘を駆け下りた。剣戟の音が聞こえてくる。

――敵は、剣士か。

耳を疑ってしまった。だとすれば、よりによってサーシャと数合なりとも打ち合えるような相手が敵にいる？

サーシャはリムや戦姫ですら鎧袖一触《がいしゅういっしょく》で蹴散らしてしまうような使い手である。その彼女が苦戦するような敵など、はたしてこんな地方の高原に存在するのだろうか。

篝火の近くにリムがいた。双紋剣を構えて、じっと闇の中を睨んでいる。何をしているのかと思えば、奥のサーシャが闇から転がり込んできて、リムの傍で立ち上がった。

　サーシャの背中を狙って闇から飛来した何かを彼女の前に進み出たリムが赤い剣の結界で弾き、サーシャが体勢を整える時間を稼いでいる。

「骨が折れる相手だ。君が駆けつけてくれて助かったよ、リム」

「一度退いて態勢を整えますか、サーシャ」

「まだだ。円卓の騎士の名にかけて、村人たちに無様は見せられない」

ティグルは足を止め、牽制の意味を込めてサーシャが転がってきた先の闇に矢を放った。何かに命中した気配はないが、サーシャとリムは援軍に気づいたようだ。闇の向こうから目を離すことなく、武器を構え直している。

　空気を裂く音と共に、また小さな何かがサーシャとリムを襲った。篝火の明かりでティグルの目が捉えたそれは、小石だ。サーシャの赤黒い双剣が弾いたそれは、近くの家の柱に当たり、太い木の柱をきしませた。

「ティグルヴルムド卿、村人たちは？」

「全員、丘の上に避難した。相手は投石器でも使っているのか」

「爪で弾いているのです。獣のような爪で……。私には狼男のように見えました」

「僕もそのように見えたね。狼男に凄腕の剣士が護衛についている」

　相手はふたり組みということか。いや、狼男をひとりと換算するべきかどうかは意見が分かれるところだろう。

「その狼男というのが、魔物なのか」

「わかりません。私の剣が反応しているのは、剣士の方だけです」

戦況が掴めてきた。石を飛び道具として牽制してくる狼男と、その護衛である凄腕の剣士の組み合わせである。

「狼男と刃を交えたとき、双紋剣は反応しませんでした。ですが今回は、サーシャと影法師以外の相手に対しても反応を示している。おそらくは、あの剣士に。ですが……」

「第三の相手がいる可能性もある、ということか。そうじゃない場合、剣士が蘇った死者ということになる、と」

また、石が飛んできた。サーシャが難なく払う。守るだけなら何とでもなる、というところか。だが相手は篝火で照らされている範囲には踏み込んでこない。慎重なのか、それとも牽制しているだけなのか。ケットのおかげで、他の敵があまり積極的ではないとわかっていなければ焦ってしまうところだ。

「ティグル、重ねて確認するが、村人の安全は確保できたんだね」

「ああ、影法師たちはしばらく、村に入って来ないだろう」

「助かる。無理に動かずに持久戦を取れるというだけで、だいぶやりやすくなった」

サーシャはにやりとして、闇の向こうにいるのだろう誰かに対して手振りで挑発を始めた。

ティグルはリムの一歩後ろで、弓に矢をつがえ、待つ。

挑発に応えるように、連続して石が飛んできた。だがそれらは、サーシャがあっさりと弾いてしまう。ティグルが手を出す隙すらない。

「こんなものかい。どうやら僕が出張るような相手ではなかったようだね。失望したよ」

「人間め、餌の分際で増長しおって」

唸り声と共に、太い男の言葉が闇から響いた。忌々しげな、苛立たしさがにじみ出た声であった。これが狼男の声か、それとも剣士の声なのか。

——方向は、わかった。

ティグルは緑の髪の指輪に祈りを込めて、声のした方に矢を放つ。光輝の筋を描いて闇に吸い込まれた矢は、白刃の煌きと共に消えた。斬撃によって切り落とされたのだ。

ティグルは驚いた。善き精霊モルガンへの祈りがこもった一撃をこういうかたちで阻止されたのは、サーシャのとき以来である。あのとき彼女は赤黒い双剣を握っていた。今回、相手の武器はいったい何だというのか。

「今の一撃は何だ？　ふむ、面妖《めんよう》なことを」

闇の奥からの声。どうやら、ティグルの今の攻撃が何かは先方に伝わらなかったようだ。それなら、それでいい。情報の秘匿は今後の有利に働く。

「剣士の方だけど、ただの剣ではない、ということだけは確かだよ」

サーシャが言った。

「これまでのところ、特殊な力は使って来てないけどね。まだ様子見といったところなのだろう。舐められたものさ」

その様子見の段階で、ティグルの一撃が防がれてしまった。非常に厄介な相手だ。

はたして、闇の向こうから男の高笑いが聞こえてきた。ティグルたちは一斉に身構える。どんな攻撃が来るのか、目と耳に神経を集中させた。

ところが、笑い声は次第に遠ざかっていく。後ずさる足音をティグルの耳は捉えた。やがて、足音も笑い声も聞こえなくなる。サーシャが肩の力を抜き、彼女の神器である赤黒い双剣を鞘に納めた。

「退いたね。どうやら、僕たち三人に恐れをなしたようだ」

――本当に、そうか？

ティグルは疑問だったが、そもそもサーシャからして自分の言葉を信じていないようだった。腕で額の汗をぬぐっている。軽口だったのだろう。

「僕は自分を褒めるよ。君たちに襲いかからず、即座に休戦と共闘の提案をした自分は、あのときどれほどの先を予測していたんだろうね」

「他人事のように言いますね、サーシャ」

「他人事にして皮肉を言わなければやってられないのさ、リム」

リムがティグルを振り返る。ティグルは肩をすくめてみせた。公主であった頃の彼女のことなど知らないが、そうとうに負けず嫌いだったのだろう。そういうところは親友だったらしいエレオノーラに似ているのではないか、と思った。

「このまま村の外に出て、周囲の安全を確認しよう。ふたりとも、ついてきてくれるかい」

猫の王によれば、村を囲む者たちがいたはずだ。確かに、そいつらも撤退したのかどうか、調べる必要がある。


結論から言えば、村を囲んでいた者たちは撤退した後だった。松明《たいまつ》の光で照らし出された草原のあちこちに、踏み荒らされた跡が残っている。二足歩行の生き物だ。へし折れた草の一部に、黒い泥が微量ながらこびりついていた。影法師がいたのだろう。

「潔すぎる引き際ですね。我々がここにいると知っての襲撃なのでしょうか」

「その場合、最初に影法師を突入させて騒ぎを起こす意味がないと思う。決戦戦力を投入して奇襲の利を生かすべきだ。この敵は、この村がいっさい警戒していない前提で攻撃してきたんじゃないか」

ティグルは敵の全体像について考えた。

狼男ではないかとふたりが言った、爪で弾いた石でとんでもない破壊力を出す者、それを守る凄腕の剣士、そして影法師がたくさん。

今回の襲撃に使われた戦力は以上だ。もっと予備戦力がいたかもしれないが、いればあの膠着《こうちゃく》した状況で投入してきた気がする。いや、相手がひどく臆病だと仮定するなら、万全の上にも万全を期して、予備戦力を撤退時の殿に使う前提で最後まで隠匿した？　流石に、そこまではわからない。

リネットが言う「相手の貴族の情報がない」だ。今回、敵の首魁と思える者がいた割には、得られた情報が少ない。

——相手の立場になって考えてみよう。

敵は、ティグルたちの情報をどれだけ手に入れただろうか。

神器持ちが三人。ひとりは円卓の騎士アレクサンドラであり、残りふたりは不明。いや、ティグルは善き精霊モルガンの力を使ったし、リムは双紋剣で結界を展開してみせた。ある程度の戦力把握を為されたと考えておくべきだ。

総合的に見ると、敵の方がより相手の情報を引き出したと言えるかもしれない。とはいえそれは、敵がこちらのことを何も知らず、無警戒と見ていた村を襲ったらそこに主力がいた、という状況だからだ。ひと当てしただけでさっさと逃げた敵の将が上手かった、と見るべきだろう。普通、もう少し欲を出すものである。

——慎重な敵か、厄介だな。

「奇襲を仕掛けてきた敵は高い知性をもっていて、これまでも計画的に人をさらっていた、ということがわかったのは大きい」

丘に戻る途中で、サーシャが言った。

「この高原には他にも村がある。僕たちはこの村だけを守っていればいい、というわけじゃない。この点については同意してもらえるだろうか」

「敵の狙いが、人をさらって何をするか、私たちにはわかっていません。私が狼男と判断したのは、あの礫を飛ばしてきた者をちらりと見たとき、全身毛深く、鋭い爪を持っていたからです。狼男が人を食べるという話はイオルから聞きましたが……」

「影法師といい、伝説通りとは考えにくいけどね。僕はここの生まれじゃないけど」

そういえばこの三人、三人ともアスヴァール島とは縁もゆかりもない者たちであった。それが、奇縁からこうして島の辺境を襲う脅威に立ち向かっている。

「奇妙なことになった」

ティグルたちは顔を見合わせて笑った。

†

翌日、朝早く。ティグルとリム、サーシャとイオルたち若者三人は、馬に乗って村を発った。ケットは若者のひとりに抱えて貰っている。

まずは住民が失踪したという隣の村へ向かい、そこで待機しているサーシャの部下と合流する手筈《てはず》であった。

この村の羊飼いも、昨日から十名ほど隣の村に滞在しているはずである。羊の管理のためだ。羊飼いたちの矜持であった。一日とはいえ、主のいなくなった羊たちを野放しにするのはためらわれるという。

人より羊。彼らの生活は羊を中心にまわっているのだ。

イオルたちをこの村に置いておくべきだったかもしれない。だが、これから向かう先はイオルたちが生まれ育った村だ。その村人たちが全員消えてしまった今、案内役として彼ら以上の者はいない。

何体いるかもわからない敵の影法師が波状攻撃をしてきた時を考えると、矢筒を抱えてティグルについてきてくれるだけでも助かることだった。危険から遠ざけているだけでは、彼らを部下とした意味がない。それはわかっていた。

にもかかわらず臆病な考えがティグルの頭の片隅にある理由は、かつての部下を全て失った、パーシバル戦での悔恨《かいこん》があるからだ。

――自分を卑下《ひげ》するわけにはいかないし、彼らの信頼を無下《むげ》にするべきではない。

ティグルはそう考える。リムにも、その点については釘を刺されていた。もっと部下の使い方を学ぶ必要があると言われれば、その通りなのだ。

「昨日の敵は西に逃げたみたいだ」

まっすぐ住民の消えた村に向かう前に撤退した敵の痕跡を朝日のもと調べた結果、無数の足跡が西に向かっていることを突き止めた。

イオルたちによれば、その先には古い古い廃砦があるという。狼の住処になっているため危険を周知されていたあたりとのことで、羊飼いたちもここしばらくはその廃砦の周囲に近づいていなかったようだ。

「領主様もきっとご存じの場所です。捜索隊が出たと聞きました。廃砦はまっさきに調べたでしょう」

「そして、ここの領主の捜索隊は全員が消えた。早々に馬脚を現したとみるべきか、誘われているとみるべきか」

イオルの言葉を受けて、サーシャは楽しそうに呟く。

「すぐに乗り込みたいところだが、隣村に派遣しているのは僕の部下の騎士十名、それにとびきりの付き人がひとり。彼らの話を聞くだけでも役に立つと思うよ。寄り道をする価値はあるはずだ」

「実際に、まだ情報が足りません。昨夜の狼男とおぼしき者、黒い泥と化した敵は何なのか。拙速に動くのも手ですが、集められる情報が目の前にあるなら、念のため攫っておくべきでしょう」

そんな会話もあって、予定通り、イオルたちの故郷の村へ向かうことになったのである。

この島では珍しい、胸がすくような快晴だった。霧も出ていないため、見晴らしがいい。夏の盛りだけにじっとしていると肌に汗がにじむものの、馬に乗っていれば風が気持ちよかった。

草木豊かな丘が連なる高原は、昨晩の恐ろしい怪物の襲撃など嘘のように、のどかな景色がどこまでも続いていた。兎たちが遠くでこちらを見ている。狐の姿もあった。

不思議と、いずれの動物もこちらを視野に捉えると一度、頭を下げたあと、じっと馬が通り過ぎる様子を観察している。若者たちやサーシャはわかっていないようだったが、おそらく動物たちは、皆、偉大なる猫の王に頭を下げているのだろう。

そのケットは、現在、イオルの胸もとで丸くなって目を閉じている。寝ているのかどうかはわからない。時折、その耳が小刻みに動いていた。それを眺めて、イオルたちやリムが相好を崩している。

猛暑の中、身を隠すものの少ないなだらかな丘陵が続く。こまめに休憩を取り、馬が潰れてしまわないように注意した。イオルたちの助言だ。

休憩中、サーシャはそのイオルたちを掴まえ、裁縫道具を取り出すと彼らの服の綻びをつくろった。しきりに恐縮する若者たちに「遠慮することはない。僕も昔は、ひとりの村人だった。病弱で、野を駆けることも難しかった。そのぶんこういうことは得意になった」と語って聞かせる。

「ジスタートの村では羊を育てていたのですか」

「羊はいなかったな。豚を飼っていたよ」

遠いジスタートの片田舎における寒村の話に、若者たちは興味深そうに聞き入った。

イオルたちの生まれた村では、隣村の羊飼いたちとサーシャの部下の騎士たちが出迎えてくれた。

十名と少し。騎士の一部がティグルの顔を見て「竜殺しだ」と血気に逸《はや》った動きを見せたが、すぐにサーシャが前に出て、それを制する。

「彼らとは、一時的に手を結んだのだ。円卓の騎士アレクサンドラの名にかけて、一切の手出しを禁ずる」

「敵と手を結ぶ必要があるのですか」

「あるのだ」

不満そうな者にサーシャが昨日の出来事を簡潔に語る。騎士たちは驚愕していた。

「アレクサンドラ様と竜殺しが組んで、撃退が精一杯の相手がいるとは、とうてい信じられないことです」

「事実なんだよ。闇夜ということもあって、こちらも深追いはしなかったわけだけどね。僕から見て、容易には崩せないと判断した剣士がひとり。狼男、としか表現しようがない者がひとり。もし彼らを見かけても、君たちは絶対に手を出してはいけない。陛下から預かった忠臣をいたずらに失うような手は打てない、ということだ」

そう言って、サーシャはひとりの騎士の方を向いた。黒い金属鎧をまとった男で、顔を覆い尽くす兜で表情すら隠している。

――こいつだけは、他の騎士とは格が違うな。

ティグルはその騎士のそのものごしから判断した。

――いや、そもそも、この男は……何だ？　異様な感覚がある。まるで、そう……人ではない、ような……。

「あなたは、僕の直属ではない。どうするかい」

サーシャのその言葉に、黒ずくめの騎士は、ちいさくうなずく。

「円卓の騎士アレクサンドラ。陛下からは、あなたからの任務があれば、それを優先して遂行するよう命じられている」

少しくぐもった声だった。そう言った騎士が、ティグルたちの方に顔を動かした。誰を見ている、とティグルが顔の向きから視線の先を探れば、そこにはイオルに抱きかかえられて丸くなった子猫の姿がある。何も知らない者が見れば、この状況で、なぜ飼い猫を注目するのかと奇妙に思えるかもしれないが……。

ケットが目を開け、黒ずくめの騎士にうなずいた。黒ずくめの騎士は、そっと視線をそらす。

まさか、とティグルはあることに気づく。

「その方は、裁定の使者と呼ばれている者たちのひとりですか」

視線からしてその様子は見ていなかったに違いないリムが、そんなことを口にした。裁定の使者。ティグルも小耳に挟んだことがある。確かアルトリウスを名乗る者の直属の部下で、王の代理人として強権を振るう立場にある者。そのため、領主たちにひどく恐れられているとか……。

「そうなんだ。陛下から、今回は特に彼を連れていくよう言われてね。剣の腕も確かで、頼りになる男だよ。ただ昨夜の剣士が相手では少し厳しいと思うね」

それは、そうだろう。サーシャほどの使い手がそう何人もいては、ギネヴィア派としては非常に困る。

リムから聞いたところでは、サーシャがジスタートでレグニーツァの戦姫だった頃、戦姫三人を同時に相手にしてなお勝ってしまうほどの実力者であったらしい。一度、病で死んで蘇った今、病弱だった女は頑健な身体を手に入れ、その剣技の冴えはかつてよりも一段か二段、上に見えるとも。つまり今の彼女は、他の戦姫が何人がかりでも太刀打ちできない可能性が高いということである。

「問題は、この地に潜むその者たち……あえて敵、という表現をするが、我々の敵が何を目的として活動しているのか、それが未だにわからないことだ」

「人をさらっております」

騎士のひとりがサーシャに言った。それだけで、自分たちが断罪するには充分であろう、という口調である。サーシャは「そういう意味じゃないんだ」と首を振る。

「人をさらって、どうしようというのか。食べるのだろうか、邪悪な儀式の生贄に使うのだろうか、それとも人質として、我々と交渉しようというのか？」

「敵の拠点に乗り込めば、自ずと判明するのではないでしょうか」

「きっと領主の軍は、そうしたのだろうね。そして、誰ひとりとして帰って来なかった」

騎士は黙ってしまった。自分たちならば、そうはならないと考えているのかもしれない。だが、見え透いた罠に嵌りに行くのは狩人のすることではないとティグルは思う。サーシャも同じ考えなのだろう。

「無法者の理屈なんて考えても仕方ないかもしれないが、でも相手の目的がわかれば、対策を打つこともできる」

騎士たちが理解できるよう、噛み砕いて話をしていた。敵は住民を捕まえて、何をしようというのか。羊が消えたというのも、やはり敵に捕まったのだろうか。牧羊犬が殺されたのは、単純に正体不明の敵の邪魔をしたからなのだろうか。

「食料とするなら、わざわざ人をさらうなんて面倒なことをするより、羊だけを持っていった方がいいんじゃないか」

ティグルも話に参加した。

「ところがこの村では、人だけが消えて羊は残った。俺には不思議に思える」

「人と羊では用途が違うんじゃないかな」

サーシャが言った。どういうことか、と皆が彼女の方を向く。

「何となく、そう思っただけさ。人の死体は奇妙なほど発見されていないしね。いずれにせよ敵の拠点となるような砦の心当たりは、先ほどそちらの若者が教えてくれた。敵がそこに拠点を構えているとして、羊より人を優先してさらう理由がわかれば、拠点で何をやっているかも推測できるかもしれない。狼男が拠点をつくって、そこで何をするかなんて、僕にはさっぱりなんだ。アスヴァール島生まれの君たち。何か、そういう昔話を知らないだろうか」

「昔話、ですか」

騎士と羊飼いたちは困惑しているようだった。サーシャは彼らに柔和《にゅうわ》な笑みを見せる。

「知っての通り、僕はこの島の生まれじゃない。そこのふたり、ティグルヴルムド卿とリムアリーシャ殿もね。この地の人々なら誰でも知っているようなことを見逃しているかもしれない」

「そういうことでしたら」

促され、彼らは己の故郷の伝承を語りだす。羊飼いたちも、自分たちの村に伝わる物語を不器用に話した。

大の大人が集まって昔話をあれこれ吟味《ぎんみ》するのはいかにも滑稽《こっけい》だが、今できることがあるならするべきだ、というのがサーシャの意見である。ティグルたちとしても、情報が少ない現状、是非《ぜひ》もなしといったところだ。

しかし、どうも狼男の伝承というのは個々に差異が大きく、とりとめがなかった。ただ人を殺すだけの話、恋人に振られた男が狼男になった、という話。満月の夜に狼に変身する一族の話。

いずれの狼男もその扱いはバラバラで、イオルが言った「銀の武器が効く」という伝承もそ

のひとつだけしか見当たらず、別の伝承では普通の剣で斬られていたり、槍で刺し殺されてい

たり、中には狼男を素手で首を絞めて殺した、という伝承すらある。

ちなみに狼男を素手で絞殺した伝承の派生形のひとつでは、円卓の騎士ガラハッドがその役

割を為している。確かにティグルが見たガラハッドには、あの男ならできるかもしれないな、

と思わせる何かがあった。

「狼男は死んでも蘇る、人の血を吸う、という伝承がいくつかあるね」

サーシャがまとめた。

「まるで、僕の故郷であるレグニーツァの伝承、吸血鬼ストリゴイの物語のようだ」

「吸血鬼も、死んで蘇るのですか」

リムが訊ねた。あなたのように、とはわざわざつけない。サーシャはうなずく。

「何百年も前、黒竜の化身とレグニーツァの戦姫によって退治された吸血鬼には、いつかまた

復活するという言い伝えがある。僕がレグニーツァの公主であった頃、吸血鬼の仕業と噂され

るような事件が多発した。結局、その正体はわからないまま、事件が収束してしまったのだけれどね」

もし収束していなければ、サーシャの死後、レグニーツァの地を代理で治めていたエレオノーラがその件についても介入していただろう。リムにも情報が行っていた可能性が高い。

「レグニーツァの吸血鬼が、このアスヴァール島に移動して狼男として活動しているという可能性はないだろうか」

ティグルは、ふと思いついたことを口にした。皆がティグルを見る。ティグルは恥ずかしくなって、ひらひらと手を振った。

「忘れてくれ。さすがに距離が離れすぎているな」

「いや、ティグルの考え方は悪くないかもしれないぞ」

話をもとに戻すよう促すが、サーシャはそれを許さずティグルに向き直った。

「事実、僕と君たちはジスタートからアスヴァール島に活動の場を移している。それぞれ理由は違うし、なりゆきもあっただろう。でも人が移動できるんだ、化け物が移動できてもおかしくはない。何より、レグニーツァの影法師の実物を見たことはない僕だが、昨日、君たちが戦ったという存在は吸血鬼の噂が出たときに聞いたものに、非常に近かったと思う。そうだ、重要なことを忘れていた。裁定の使者殿、これを見て欲しい」

ふと思い出したのだろう、サーシャは小瓶を取り出した。ティグルが彼女に渡したものだ。

彼女は中身の黒い泥を、裁定の使者に見せた。

「何の手がかりもないようなら、これを陛下に見せて判断を仰ごうと思っていたんだ。あなたに持って帰って貰ってね」

サーシャは経緯を説明し、その泥を調べることで何かわかるかもしれないと語る。裁定の使者は、衝撃を受けたように固まっていた。その態度を不審に思ったか、サーシャが「もしかして、君にはこれに見覚えがあるのかい」と訊ねる。

「見覚えはない。しかし」

裁定の使者は太い声で告げた。

「それは死者の成れの果てだ。古に存在した、死者を操る力、それによって傀儡となったものである。人が禁忌として捨てた力だ。このようなものを造る存在が、未だこの世に残っていたとは」

†

ティグルたちは、困惑して互いに視線を交わしあった。裁定の使者の言葉には、あまりにも不可解な内容があったからだ。サーシャが代表し、口を開く。

「裁定の使者殿は、まるで古の時代を見てきたかのように語るのだね」

「記憶があるわけではない。我らは、ただそれを知っているのだ。継承しているのだ。そのありかたが人と違うことは認めよう。我らは盟約により彼の者に協力しているが、身体と心のありようまで似せることに意義を見出してはいないのだ」

サーシャを含めたその場のほとんど全員が、ぽかんとした顔になった。だがティグルだけは裁定の使者の言葉を理解できたような気がした。

――この男の口調、ケットと同じだ。

そう、彼の言葉は猫の王がティグルに語りかけてきた調子と、その思考形態と、まったく同じように思えた。

思い出すのは、三百年前の光景においてアルトリウスが精霊の血を引いていたことと、当時の王妃ギネヴィアが妖精について語っていたことである。ありかたの違う命というものについて、ティグルは他の人々よりほんの少しだけよく知っていた。先ほどのケットの視線も、今ならその理由が納得できる。あれは同族に対して送った合図なのだろう。

よりよい理解のためには、そういったことをこの場で語るべきかもしれない。

だがティグルは、そうしなかった。サーシャとの休戦は一時的なものだ。猫の王との関係はティグルたちの切り札でもある。裁定の使者があの場でケットの正体を暴露しなかったのも重要な示唆《しさ》であった。

――憶測になるが。裁定の使者、彼らは……噂と違って完全にアルトリウスの部下というわけじゃないんじゃないか。

そう、彼らには彼らの想いがあって、盟約があって、だからこそ協力している。

何より重要なのは、ティグルがそう理解したということを他の者に悟らせてはいけないということであった。この認識の差異が、いつか武器になるかもしれない。

「確認させて欲しい。君は、自分は人ではない、と言っているのだな」

サーシャが裁定の使者に訊ねた。

「円卓の騎士アレクサンドラ、あなたは我々の生きる場に近しい者たちをいくつも知っているはずだ」

「確かに、ね。コルチェスターの王宮で、姿を見せないメイドや執事の存在を感じた。モードレッド、あの者は精霊の血が混ざっていたらしいね。そして……」

何か言いかけて、サーシャは黙った。ティグルは考える。彼女はアルトリウスの生まれについてどこまで知っているだろうか。ひょっとしたら何も知らない、興味すらないかもしれない。ティグルやリムがそう訊ねることが大きな示唆を与えてしまうため、そのそぶりを見せることすらできなかった。

しばしののち、サーシャはため息をついた。

「わかったよ。君が何者であっても、陛下がそれをお認めになっているのなら、もうそれでいい。話を戻そう。確認だ。この黒い泥は、死者を操る力によって動く死体となったものの成れの果てだ、というのが君の見立てなのだね」

「そうだ。我々はそれを知っている。あなた方に伝えるべき情報だと認識したが故、正確に語ったつもりだ。理解が難しかっただろうか」

「君のものいいはまわりくどいが、だいたいは理解したつもりだ。死者を操る力を使える者、というのに君は心当たりがあるだろうか。もちろん、今現在、生きて活動している者の中で、という話だよ」

「いと尊きお方であれば、可能であろう。だが、そういったことをなさる方々ではない」

さすがのサーシャもこれには首をひねった。ティグルは、ケットとのつきあいのおかげで、何となく理解できてしまった。ケットは善き精霊モルガンについて語るとき、こういう言いまわしをするのだ。

助け船を出すべきだろう、と判断した。

「それは、湖の精霊とか、そういう方々のことか」

「あのお方もそのひとりだ」

裁定の使者は、リムの方を見た。いや、リムの腰の双紋剣を、だ。

「その力について深い理解があるため、あのお方はその武器に、その力に対抗する呪いを縫い込んだのであろう。あのお方は、その力に対して強い感情を抱いておられる」

それはリムが何度も口にしていたことだった。双紋剣から、そして双紋剣を授けてくれたあの精霊から、蘇った死者に対する深い憎悪を感じたと、彼女は言っていた。もっとも つい先日までは、蘇った死者、というのはアルトリウスを名乗る者たちや円卓の騎士、目の前のサーシャに対してのみの言葉だと思っていた。

サーシャの部下の騎士たちは目を白黒させている。無理もない。彼らは何も知らされていないのだろう。コルチェスターの王宮についてサーシャがちらりと言っていたが、そういったことからも蚊帳の外だったと思われる。

よって、ティグルの質問とそれに対する裁定の使者の回答によって理解を示したのは、リムとサーシャだけだった。サーシャがティグルをちらりと見た。何か感づかれたかもしれない。

彼女はすぐ裁定の使者に視線を戻す。

「君はつまり、そういった存在なのだね。酒場の暖炉の傍、吟遊詩人の弾き語りで謳《うた》われるような、昔々から始まる物語の登場人物が出会う、不思議な存在」

彼女とて、円卓の騎士の物語は知っているだろう。いくつかの物語の中で、彼らは森の妖精や精霊と関わっていた。

「そういうものだと、納得するしかないね」

やがて、サーシャは肩をすくめてそう言った。

「魔物や吸血鬼がいるのだから、当然のことなのだろう。死者を操る力について、君が知っているのはそれだけかな」

「何をもって『知っている』とするのか、あなたの質問は解釈が難しい。あなたは自分が何を知って何を知らないか、自分で理解しているのだろうか」

ティグルは笑いをこらえた。ケットがティグルを困らせるような返しをするときと一緒だったからだ。なるほど、これこそが彼らの思考様式なのだろう。はたしてサーシャはリムと顔を見合わせる。

「何か思いついたことがあれば教えて欲しいんだ。たとえば、魔物や吸血鬼はそういった力を使えるのだろうか」

ティグルがまた口を挟んだ。裁定の使者は首を横に振る。

「わからない」

今度は、とても簡潔なひとことだった。意外に思う。だが、ふと考えてみれば、そういうものなのかもしれなかった。

猫の王も、アスヴァール島の内部に関しては詳しかったが、それ以外のことはあまり知らないようだった。猫の身では、海の向こうのことについて伝聞で知るというのも難しいからだろうか。目の前の鎧の男だって、同じなのかもしれない。

彼ら、ヒトならざる者たちは、けっして万能ではないのだ。故にティグルは少し別のことを訊ねてみる。

「それは、魔物や吸血鬼という存在についてわからないということだろうか」

「魔物については、何体かは知っている。だが死者を操る力を持つ魔物は知らない。吸血鬼というものは、あなた方の物語の中に存在する、としかわからない」

「狼男については？　先に話した通り、俺たちは昨晩、狼男と凄腕の剣士のコンビに出会った。彼らについて何か知らないか」

「その剣士は」

試みに訊ねてみただけの言葉だった。だが裁定の死者は意外な反応を見せた。

「円卓の騎士ランスロットだ」


耳を疑うような言葉だった。裁定の使者には驚かされてばかりだ。円卓の騎士ランスロット。アスヴァール王国の者なら誰でも知る、最強最高の騎士である。

彼の活躍が描かれた伝承は円卓の騎士の中でもっとも多く、大衆の人気も高い。湖の騎士とも呼ばれ、アルトリウスの一番の部下として、アスヴァール島の統一に貢献した。

その後、ランスロットはアルトリウスのもとを離れ、大陸に姿を消したという。

ティグルとリムは、彼がなぜアルトリウスと袂を分かって大陸に向かったか、その理由をすでに知っている。アルトリウスの妻にしてランスロットの妹であるギネヴィア。彼女を殺した魔物を追って、これを討伐するための旅に出たのだ。

その後、彼がどうなったのかは知らない。いくつかの大陸の伝承では、円卓の騎士ランスロットがどこそこで活躍した、というものがある。だがそれらはいずれも後世の創作である、というのが一般的な見方であった。

ランスロットの復讐が果たされなかったことだけは確かだ。ギネヴィアを殺した魔物は、つい最近になって、蘇った円卓の騎士パーシバルによって退治されたからである。ティグルはそのことを猫の王から聞いている。その名はトルバラン。数々の残虐な逸話を残したという。

もっとも今は、すでに退治された魔物より円卓の騎士ランスロットについてだ。なぜ、裁定の使者は唐突にその名前を出したのか。三百年前の人物が、アルトリウスたちと共に蘇ったということなのか。

ティグルとリム、騎士たちの視線がサーシャに集まる。サーシャはお手上げだ、とばかりに両手を持ち上げ、掌を見せた。

「君たちが僕に聞きたいことは、わかっているつもりだよ。円卓の騎士ランスロットも蘇っているのか？　答えは『わからない』だ。少なくとも僕は、陛下や他の円卓の騎士からそんな話は聞いていていない」

やはり、そうか。ティグルとリムは、以前に見た過去の光景の中で、蘇りの条件についてある程度は理解している。アルトリウスと三人の騎士が飲んだ、あの杯の中の水。あれこそが蘇りの条件であったはずである。きっとサーシャにも同じような経緯があったのだろう。

三百年前の円卓の騎士であのとき杯の水を飲んだのは、たった三人。パーシバル卿、ボールス卿、ガラハッド卿だけのはずだ。いずれもティグルたちが会ったことのある人物であった。このうちパーシバル卿はティグルがこの身で討ち果たしている。

おそらく、ランスロットはあの水を飲んでいない。

「もっとも、陛下の知る方法以外に三百年の時を越える方法があるなら、話は異なってくるね。円卓の騎士ランスロットが本当に昨晩の剣士だとして、その者が陛下と同じ志を抱いているとは限らない」

「それは、どういうことなのでしょうか」

「その前に」

サーシャは手を挙げて騎士を制し、裁定の使者に向き直った。

「ひとつ疑問がある。君はなぜ、円卓の騎士ランスロットだと判断したのだろう。その剣士と直接、戦ってもいない、僕だって暗闇での戦いで、はっきりとその姿を見たわけでもないというのに。そもそも全身鎧で顔も兜に隠れていたような相手だ。日中に遭遇しても、顔はわからなかっただろう」

「顔で個々人を認識する者ばかりではない」

裁定の使者は、平然とそう告げた。

猫の王であれば「下僕は目で判断するしかできないのだな、不便な者たちである」とでも言って鼻をひくつかせ、髭を震わせただろうとティグルは思う。

裁定の使者が言いたいのは、きっとそういうことだからだ。たとえば犬や猫は目より臭いで獲物を追う。熟練の狩人によると、コウモリなどの一部の動物は、もっと特殊な方法で周囲の地形や獲物を見分けるらしい。

「円卓の騎士ランスロットの鎧は、いと尊きお方が彼に贈ったものだ。それが三百年ぶりにこの地に戻ってきたという。円卓の騎士ランスロットはこの地に帰還したのである」

彼の口調は断固としていて、まっすぐだった。当然そうであろう、という偉大な者たちの論理的帰結の結果として語っているようだが、あいにく矮小なヒトの身からすると論理が上手く繋がっているようには思えない。

リムとサーシャは顔を見合わせ、考え込んでしまった。裁定の使者が省略した部分を想像で補おうとしているのだろう。

——無駄な努力だと思うな。

彼らの論理に引きずり込まれても泥沼になるだけだ。猫の王とのつきあいで、なんとなく勘所がわかってきていた。彼らの論理に飛躍があるのではなく、前提とするものごとが違うのだ。見える風景の差異、と言っても構わない。

よって、また口を挟むことにする。

「あなたの言う『いと尊きお方』は、鎧が近づいたことを知覚できるということでいいのだろうか。三百年ぶりに鎧がこのアスヴァール島に戻ってきたと知った。だから、あなたたちは円卓の騎士ランスロットがこの島に戻ってきたと認識した。その鎧を着込んでいる者は円卓の騎士ランスロットに違いないからだ」

裁定の使者は自信満々に「その通りだ」とうなずいた。

サーシャとリムが瞠目《どうもく》する。ティグルは猫の王との対話で得た知識を利用しただけだ、別に自分の手柄ではないため、彼女たちの視線がくすぐったい。そんな気持ちを押し殺して、サーシャの視線を受け止めた。

「これは俺たち側としては余計な口出しかもしれないが……。サーシャ、あなたは、あなたの主に今すぐ連絡を取って、これまで得た情報を伝えた方がいいんじゃないか」

「僕も今、そう思っていたところだ」

サーシャは少し疲れた声色で微笑んだ。無理もない。猫の王たちの思考は、ずっとつきあっているとひどく疲労するのだ。

「伝令は出すとして、だからといって僕たちが陛下の指示を待つわけにはいかないだろう。仮にも円卓の騎士のひとりとして、この地で悪辣な真似を働く者がいる以上、それを排除するのは早急の使命だ。敵に円卓の騎士ランスロットの鎧を着た者がいるとしてもね」

伝承の中で、ランスロットの鎧はなんと言われていただろうか。ティグルは詳しくない。神殿で見た過去の光景の中で、奇妙な技を使っていたが……。

「以上だ。僕の考えはわかってもらえただろうか」

先ほど「ランスロットが味方とは限らない」というサーシャの言葉に疑念を呈した騎士は、納得した様子でサーシャに騎士の礼をする。

「我々はこの地の民のために精一杯、力を尽くしましょう」

「ありがとう、期待している。さて、ティグル、リム。君たちが円卓の騎士の鎧に怖気づいてしまうようなら、計画を立て直すことにするが、どうする」

「サーシャ、それは少し、意地が悪いでしょう」

リムは抗議の声をあげた。

「裁定の使者殿、ランスロットの鎧について何らかの情報があれば知りたいのですが。所詮、鎧は鎧です」

鎧を着こんだ相手が凄腕の剣士であることにはかわりない。サーシャすら苦戦するような敵である、対策は必要だった。全員が裁定の使者を見る。

裁定の使者は首を横に振った。

「我々は間接的な情報の伝達が双方の理解に齟齬をきたすことを認識している。あなたたちは、そうではないのだろうか」

今度はさすがにサーシャも何を言っているかわかったようだ。

「つまり、陛下か当時の円卓の騎士に聞くべきだ、ということだね。でもあいにくと、コルチェスターまで往復するほどの余裕はない。ここからでは、どんなに急いでも十日はかかってしまう。指示を待って僕たちがおとなしく待機していたら、敵はその間に多くの悲劇を生み出すだろう」

情報を上に伝えるのは部下としての義務だ。それとは別に、現場の判断で為すべきことを為す。それがサーシャの決断だった。ティグルたちと共に、この地を脅かす者に対して決戦を挑む。それが最良であるという判断である。

常識的に考えれば、それ以外に手はない。少なくとも、民をこれ以上苦しめるような存在を放置しない、という前提であれば。

ところが……。

「私であれば」

裁定の使者は平然と、その言葉を告げる。

「一日で往復できる」

ティグルやリムのみならず、サーシャやその部下の騎士たちまでもが目を剥いた。

「そんなことが……」

サーシャはありえない、と言いかけたのだろう、だが思い直したように首を振る。

「いや、だからこそ陛下は、君を僕につけたのか。万一の際、この地とコルチェスターを最速で繋ぐために」

裁定の使者が猫の王のような存在なのであれば、不可思議な力があってもおかしくはなかった。一日でこの地とコルチェスターを往復する、というのはとうてい信じられない話であるが、たとえば飛竜であれば易々とこなすだろう。それと同じような手段があるのかもしれない。

サーシャは口もとに手を当て、少し考えた後、ティグルとリムの方を向く。

「話が変わってきた。僕は裁定の使者に命じて、ここで得た情報を全て陛下に伝えるつもりだ。無論、それには君たちの所在も含まれる。陛下のご命令とあらば、場合によっては君たちとの協定を破棄することもやむを得ないだろう。故に、君たちは早急にこの場を離れて……」

「待ってくれ。コルチェスターに情報を伝える、という点については構わない。だが俺たちは、こんなことでこの地の人々を見捨てたくない」

ティグルは思わず、そう伝えていた。言った後でリムを見る。あまり表情が変わらない女性だが、仕方がないな、という顔をしているように思えた。

ティグルとリムが本来の役割を果たすなら、この地から早々に撤退するべきだ。ギネヴィア派の要であるふたりには、相応の責任がある。為すべきことの優先順位は明らかだった。もとより、目に見える全てを救うなど不可能なのだ。なのに、ティグルの口は打算と違うことを語っていた。

リムがうなずく。

「ここにいる正体不明の脅威が森を越えてデンの町を襲う可能性も、まったくないというわけではありません」

「ああ。だからサーシャ、今日だ」

援護を受けて、ティグルはちから強く告げる。

「今から廃砦に乗り込もう。この地に害を及ぼすものをさっさと片づけて、その場で、君にお別れする。できれば君は、討伐の後、村に戻るまでに一日くらい高原を散歩してくれると助かる。君の主から何らかの命令が伝達されるまでは、俺たちの協定は有効だろう？」

サーシャは信じられないものを見たという様子でティグルとリムを見つめた。

しばしののち、大声で笑いだす。しまいには、おかしくておかしくてたまらない、という様子で笑い転げてしまった。

「気に入ったよ、ティグル。この地の人々を代表して、感謝を。その作戦で行こう」

†

裁定の使者は、ひとり騎乗して街道を南に向かった。普通の馬をだく足で進ませて、半日ほどでアスヴァール島の東西を繋ぐ街道に出るはずだ。そして彼は、何の変哲もない馬をだく足で走らせているように見える。なのに、みるみるその姿が遠ざかっていった。あっという間に点となり、地平線の彼方に消えている。

何かに化かされたような気分だった。

「ああいう奴が、そっちには何人もいるのか」

ティグルは気になって、サーシャに訊ねた。

「裁定の使者と名乗る者を複数同時に見たことはないんだ。てっきり、忙しくあちこちへ派遣されている複数の裁定の使者がいるんだとばかり思っていた。ひょっとしたら、これまでも彼ひとりが忙しく働き続けていただけかもしれないね」

あんな特技があるのだ、そんな人知を超えた所業《しょぎょう》も可能なのかもしれなかった。

「まったく、陛下もお人が悪い」

とサーシャは肩をすくめる。

「事前に教えてくれれば、あれこれ議論をせずに済んだのに」

重要なのは、そんな切り札を持つ存在を、アルトリウスがサーシャにつけたということである。現在のコルチェスターの主はこの地で起きている何かについて、ある程度の想定があるのかもしれない。場合によってはサーシャですら手に負えないような事態になりかねないという、そんな最悪の想定である。だからこそ、あらかじめコルチェスターと高原地方の情報的な距離を縮める手を打っておいたというわけだ。

まさか敵軍の将軍格であるティグルとリムが、ペナイン山脈の南方に広がる森を抜けてはるばるこの地を訪れているなどという想定は、流石にないだろう。

もしそこまで考えが及んでいるなら、予言者か千里眼の持ち主である。仮にアスヴァール島の全てを見通せているなら、そもそもサーシャだけでなく円卓の騎士全員でことに当たらせていただろう。ほぼ同時期に、ボールス卿とガラハッド卿が大陸行きの船に乗っているのだ。彼らに別の任務を与えることも可能なはずだった。

「僕たちも出発しよう」

サーシャが馬に乗る。ティグルとリムも彼女に従った。他についてくるのは、ティグルの部下の三人とイオルに抱かれたケットだけだ。

サーシャの部下たちは、羊飼いたちと共に他の村を訪ねて、村々の無事を確認し民を慰撫することになっている。これは騎士でなければできない大切な任務だった。

彼らの力がこの先の戦いでは通用しないことも理由のひとつである。昨夜の小石を飛ばしてきた者や凄腕の剣士は言うに及ばず、影法師が相手でも彼らでは足手まといとなる。何せ、ティグルの矢も緑の髪の指輪の力を借りなければ致命傷とならない相手なのだから。

戦いとなれば足手まといとなるのはティグルの部下たちも一緒だが、彼らは元地元民であり、道案内と補給物資の運搬という重要な任務がある。ティグルは部下を失うことを恐れたが、リムに相談したところ、「この先も部下の死を恐れ、遠ざけるつもりですか」と尻を叩かれてしまった。

太陽はまもなく南中する。

「今日中に決着をつけなければ。急ごう」

サーシャが音頭を取って、六人と一匹を乗せた六頭の馬は高原を西へ、廃砦へと向かった。

第4話　高原地方の吸血鬼

高原地方といっても、草原に覆われた丘陵がその全てではない。なだらかな傾斜が続く一帯もあれば、林や森もある。場所によっては羊が草木を食べつくしてしまい禿げ上がったまま回復していない丘もあるという。

イオルたちの話によれば、この地方の羊飼いたちは、今どの丘にどれだけ羊の餌があるかよく知っているらしい。高原地方の全ての草を把握し、適切に管理しているのであると。

「大げさでも何でもないのだろうね」

サーシャは言う。

「我々が民と呼ぶ者たちは、彼らが住む場所の専門家だ。騎士が剣を得意とするように、民は己の土地で日々の営みの中、人が生きるものを、人が生活していくために必要なあらゆるものを生み出してみせる。この地の領主が、彼らの訴えからことの異常さ、危険性に気づいて、先に陛下に知らせていれば……。あるいは、もっと高位の者の誰かが。理想論だけどね」

もっとも、とサーシャは続ける。

「陛下は、東部戦線の厳しい事情を知りながらこの僕を派遣したんだ。この件について陛下を責めるのは筋違いだと思って欲しいな」

「あまりにも対処が早すぎて、私もティグルヴルムド卿も驚いたくらいです。私は、始祖アルトリウスを名乗る者が精霊のように遠くを見る目を持っているのかとすら疑いました。この地に隠れる敵の調査を進めるうちに、どうやら彼の想定すら上まわる脅威がここに存在するのだと思うようになりました。その事実を明らかにしなければ、我々は始祖アルトリウスの能力を過大評価して東方に戻ることになったでしょう」

「その場合、僕たちとしてはいい欺瞞《ぎまん》になったかな」

冗談ではない。いくらアルトリウスに精霊の血が流れているとはいえ、遠見の力など使われては、こちらの軍事行動が著しく制限されてしまう。リネットを始めとしたブリダイン家の戦略も大きく後退せねばならないだろう。早々にその可能性を潰せたことは、大きな前進といえた。

普通なら考える必要がないようなことでも、アルトリウスが相手では否とは言えなくなるのは問題である。その可能性があるというだけで相手の手を縛ることができるのだ。

やはり、過去の光景を覗いて情報を集めることは必要な過程であった。あとひとつ、この地方には、イオルたちが知る神殿跡が残っているが……。

サーシャが一緒にいる今は、迂闊《うかつ》にその話題を出すこともできない。

――この戦いが終わったあとで考えればいい。

本来であれば、こんな未知の敵の討伐につきあっている暇などない。

それでもティグルとリムは、この討伐を成し遂げると決めた。昨日、襲撃を受けた村ではイオルたちが世話になったというのもあるし、そもそも民を襲い喰らうような化け物がいるなら、それを排除するのは、力ある者の務めだと思うのだ。

――ボールス卿やガラハッド卿であれば、ブリダイン家が魔物に襲われていたらためらいなく手助けするだろう。

ティグルは彼らの誠意を信じていた。彼らが真摯に胸の内を開示してくれたのだから、自分もまたそうありたいと思う。

いつの日か、胸を張ってアルサスの地に帰るために。

太陽が赤く染まる前に、小高い丘の上に建てられた廃砦が見えてきた。ぼろぼろに崩れた外壁は苔と蔦に覆われ、完全に打ち捨てられた場所のように思える。

まだこの地で小部族が争っていた頃に使われていたなら、現役だったのは三百年前となる。破棄された後、手入れもされていないなら、荒廃具合も当然だろう。はたして城砦の内部はどれほど原形を保っているだろうか。

ひとつ手前の丘で馬を下りて、部下の三人に六頭の馬の見張りを頼む。ティグルが何も言わずとも、ケットが彼のもとまで歩み寄り、その肩まで登ってきた。

「ティグル、君はその子猫を連れていくのかい」

「この子は勘がいいんだ。何度か助けられた。頭もいい」

「そうか。僕たちの邪魔をしないならいいさ。しつけは頼んだよ」

誇り高き猫の王は、無礼なもののいいをしたサーシャに対して、ひとつ可愛らしく鳴いた。その声は、ティグルには「下僕が総じて愚かであると我らは承知している。故《ゆえ》にいちいち腹を立てたりはせぬ。猫の寛容さを讃えよ」と聞こえた。

サーシャは疑うような視線でケットを見つめた後、首を横に振っている。勘のいい彼女のことだ、何かに気づいたかもしれない。

「俺が先行するよ」

子猫を肩に乗せたまま、ティグルは背の高い草に身を潜ませて廃砦に近づいた。もし真面目な監視があれば気づかれるかもしれないが、幸いにして見張り塔は、土台ごと崩れ落ちてしまっている。

砦の中から視線は感じなかった。

近くまで来ると、荒廃具合はいっそう明らかとなった。大昔の人々によって石を積んでつくられた壁面のあちこちが崩れて、内部の様子が見える。廃砦は、もはやただの瓦礫《がれき》の山だった。人が住み着くことすらできないように思える。こんなところに拠点があるとは、とうてい思えない。

――いや。

ティグルの鋭い目は、壁面の一部の苔がこそげ取られていることを確認した。

――誰かがこの部分に手を触れたんだ。

よくよく見てみれば、地面を這う蔦の一部が踏みつぶされていた。黒い泥のようなものが付着している蔦もある。

――何者かの出入りした痕だ。間違いない。ここに、あの影法師みたいな奴らとその首魁がいる。

足音を潜めて更に近づき、砦を囲む壁に取りついた。そっと中を確認する。やはり、砦を構成していた瓦礫の山だけがそこにあった。今のところ人の気配はない。

「今、敵は中にいるだろうか」

猫の王に訊ねた。

「不浄なる者が近くにいることは間違いない。臭くて髭が曲がりそうだ」

ケットは頬の髭をピンと立てて短く鳴いた。猫の俗語だろうか。

「場所はわかるか」

「隠れているのであろう」

どこに、と聞いても無駄なのはこれまでのつきあいでわかっていた。

――隠れている敵を捜すのは俺たちの仕事ってことか。

ティグルは少し考えて、少し離れたところで待機するリムとサーシャに手を振った。ふたりが小走りに駆けてくる。

「この砦跡のどこかに敵がいる。でもここからじゃ、姿が見えない。壁の外側からざっと見渡した限りじゃ、姿を隠すような場所もない」

「なら、乗り込むしかないね」

サーシャは気楽にそう言うと、双剣を抜いた。赤黒い刀身が露わになる。ティグルとリムが止める間もなく、彼女は壁の崩れた隙間から内部に足を踏み入れた。瓦礫を踏みしめる音が、思ったよりずっと大きく響く。

ティグルとリムは顔を見合わせた後、武器を構えてサーシャに続いた。こうなったらびくびくしていても仕方がない。

壁の内側は、奇妙なほど風が通らなかった。傾きはじめた陽の光が砦を囲む石の壁を赤く照らし出している。ティグルは視界の端で動く影を認め、そちらに振り向いた。何かが、さっと瓦礫の向こう側に隠れたような気がした。

ティグルは目線でリムとサーシャに合図を送る。ふたりは左右に分かれて瓦礫の反対側にまわり込もうとした。ティグルは弓に矢をつがえたまま、どちらが襲われてもいいよう狙いをつけて待機する。

「誰もいない」

サーシャの声が聞こえてきた。

「焚火の跡がある」

ティグルは弓を下ろし、小走りにふたりのもとへまわり込む。瓦礫の反対側、サーシャの目の前では、炭化した木の枝が小山となっていた。だが、これは……。

「昨日、今日じゃない」

ティグルは即座に看破した。焚火の形が残っていたのは、この場所が奇妙なほど風の通りが悪いからだと思われる。

──なんで、こんなに風が通らないんだ？

疑問に思って、ティグルは宙を見上げた。赤みがかってきた空は、今日は雲ひとつない。ケットがちいさく鳴いた。

「結界だ。万物に尊崇されしお方の恩寵の残滓である」

ここに神殿があった、ということだろうか。

そういえば、イオルたちが彼らの村の近くに神殿跡があったと言っていた。ティグルたちがこの地に赴くことになったきっかけである。あの神殿はこの近くなのだろうか。サーシャが傍にいる以上、彼女と離れて探しに行くわけにもいかないのだが……。

周囲を見渡し、それからもう一度、うず高く積まれた瓦礫の山を見てティグルは気づく。

「これは人為的に積まれた石だな」

狩人としての目が、その不自然さを看破した。自然に瓦解しただけではこんな風には積み重ならない。

「ここだ」

弓を背にくくりつけ、大きな石を動かす。リムとサーシャもすぐ手伝いに駆けつけてくれた。瓦礫を退ける作業をしばし続ける。

瓦礫によって巧妙に隠蔽されていた入り口を発見した。階段状になって、真っ暗な地下へと続いている。湿った風が流れてきた。何かが腐ったような、嫌な臭いが漂う。

「まさか、地下室とはね。古代の砦の割には、用意周到だ」

サーシャが呆れる。ティグルも驚いていた。何かがあるかもしれないとは思ったが……。

「明かりが必要ですね」

リムが己の荷物から人数分の松明《たいまつ》を取り出した。火をつけて、全員が一本ずつ握る。他のふたりはともかくティグルの得物は弓だ。両手が塞がってしまう。

こういうとき、明かり持ちの従者は便利なのだが……彼らを呼びに行く気はしなかった。あまりにも危険が大きいし、下がどれだけの広さかわからない以上、やみくもに人数を増やせば身動きが取れなくなる恐れがある。

猫の王はひとつ鳴いて、ティグルの肩から飛び降りた。積み重なった瓦礫の頂上に、ちょこんと座る。

ティグルたちが地下に侵入している間、外で待つつもりらしい。その方がいいだろう。ティグルとて、暗闇では自分自身を守るだけで精一杯になる恐れがある。

「僕が先頭に立つ。ティグル、リム、間を空けてついてきてくれ」

三人は、サーシャ、ティグル、リムの順番で階段を下りていった。

†

ぬるぬるして滑りやすい石の階段を注意しながら二十段ほど下りたところで、平らな床が広がる場所に出た。丘をくり抜いてつくられたその空間は、天井と床も石造りで、松明の光では向こう側が見えない程度には広いようだ。腐臭はますますきつくなってきて、もはや息苦しさすら感じるほどだった。

生暖かい不気味な風は、部屋の奥から流れてくる。

「何かがいる」

サーシャは左手に松明、右手に赤黒い双剣の片方を握った状態で一歩、二歩と進み出た。

三歩目を踏み出した瞬間、黒い影のようなものが左右から二体ずつ視界に現れる。合計四体が同時に彼女を襲った。

「影法師！」

もっとも新しい円卓の騎士は身軽に影法師たちの突進をかわすと、目にもとまらぬ斬撃を放った。片手で影法師たちの首をほぼ同時に二個、刎ねてみせる。だが首を刎ねられた影法師たちは、いっこうに動じることなく両腕を伸ばしてサーシャを襲う。

「頭を落としても死なない生き物とは、厄介だね」

サーシャは赤黒い小剣で一体の胴を薙ぎ払った。その影法師は、その身をまっぷたつにされて床に倒れた後、上半身だけで這いずってサーシャに迫った。サーシャはその影法師をブーツの先端で後ろに蹴り飛ばす。その影法師はティグルの脇を飛んで背後の壁面に激しく衝突し、黒い泥の塊となって動かなくなった。

残り、三体。

だがそこで、さらに数体、黒い影が暗闇から躍り出て来る。

「私も参ります！」

リムが、サーシャの背中から襲ってきた影法師に青い剣で切りつけた。リムの一撃が影法師の胴をかすっただけで、その個体は糸が切れた操り人形のように頽《くずお》れ、どろどろの黒い塊に変わり果てる。残る影法師たちが、わずかにひるんだように見えた。

「リム、君の剣は僕に対してだけでなく、こいつら黒い化け物に対しても有効だと証明されたわけだね」

「はい、サーシャ。ここは私にお任せを」

「うん、僕は補助にまわろう」

それからは、圧倒的だった。サーシャが牽制し、リムが影法師に一撃を浴びせる。共に双剣使いながら、片手を松明で封じられてなお見事な連係で襲ってくる敵を始末し続ける。

ティグルは松明を持つ手の薬指と小指で矢を支えながら万一に備えたが、どうやら援護の必要はないようだった。じつに十数体を切り伏せたところで、後続が途絶える。

三人は、同時に大きく息を吐き出した。きつい臭いを吸い込んでしまい、ティグルは激しくむせる。

これが最後なのか、第一陣なのかはわからないが、とにかく影法師たちを始末したことで、周囲を確認する余裕ができた。

前衛のふたりは濃い闇の先を睨み、何が出てきても瞬時に対応できるように油断なく片手で剣を構えている。ティグルは下りてきた階段を背にして左右の闇に気を配った。松明を落として弓に矢をつがえたいところだが、まだ時期尚早だろう。

どのみち、影法師が相手ではティグルの弓はあまり効果がない。善き精霊《シーリーコート》モルガンに祈れば話は別だが、この狭い場所であの破壊力が高すぎる力を上手く使うことができるだろうか、とティグルはいぶかしむ。

長く放置されていた地下室である。もし天井が脆《もろ》くなっていて、ちょっとした衝撃で崩落でもすれば目も当てられない。敵を全て倒しても、無事に帰還できなければ意味はないのだ。今回、緑の髪の指輪は奥の手としよう。

――狼男とあの剣士が出てきたら、話は別だな……。全力でやらなければ、こちらがやられる。

そのときは、この建物が崩壊する危険を冒してでも、善き精霊の加護を得た一撃を叩きこむしかない。躊躇《ちゅうちょ》はかえって仲間の身を危険に晒《さら》す。それほどの相手だと、すでによく認識していた。

「もう一度、僕が囮になる」

サーシャが、松明を前方に掲げ、少し腰を落としてゆっくりと前進する。

もしティグルとリムのふたりだけであれば、非常に厳しい戦いとなっただろう。サーシャが先頭に立っているだけで、安心感が漂う。サーシャからしても、後方から援護ができるティグルや影法師を一撃で倒せる武器を持ったリムは頼もしい存在だろう。

それにしても、この砦の地下、丘の内部を利用して築かれた地下空間はいったい何なのだろうか。ティグルはサーシャとリムについていきながら、思索を巡らせた。防衛施設、あるいは生活空間としての砦の一部としては、ずいぶんと手が込んでいるように思う。空気の流れがあるということは、別の出入り口があるということなのだろうか。

一行が十歩ほど前進したときだった。頭上から石と石が擦りあうような音が響く。

「上だ！」

サーシャが叫び、とっさに床を蹴って後ろに跳んだ。天井から落下してきた大きな石が、一瞬前まで彼女のいた床に当たって砕ける。

「仕掛け天井ですか！」

無数の礫が四方に散り、数歩後ろを歩いていたティグルとリムは、松明を持つ手で顔をかばった。

その瞬間を狙ったのだろう、前方斜め左の闇の中から何かが飛んでくる。ティグルはとっさに、傍にいたリムの身体を引き倒した。指の先くらいの何かがリムの頭をかすめて、階段の右側の壁に穴を穿《うが》つ。

おそらくは、小石だ。小石の投擲でこれほどの威力を出す存在に、ティグルもリムも心当たりがある。まさに昨夜、戦った相手だからだ。

「狼男！　そっちは任せたよ！」

サーシャが叫ぶ。彼女は別の何かに気づいたのだろう、松明を手にして果敢にも前方の闇の中へ飛び込んだ。白刃が煌めき、サーシャの赤黒い剣と打ち合わされる。

サーシャの松明が、敵の銀の手甲を照らす。確かにあれは、ティグルが三百年前の光景でも見たランスロットの鎧であった。

「おつきの剣士も一緒か」

闇の中、前方に剣士、左前方に狼男。昨夜と似たような布陣だ。サーシャが剣士を相手にするのも同じである。

「リム、立てるか」

「ええ。誘い込まれましたね」

敵は万全の用意で待ち構えていたらしい。

是非《ぜひ》もなし。こうして昼間に強襲している以上、不意を突けるとは思っていなかった。敵がひとところにまとまっているなら、むしろ好都合といえる。

何せ、こちらにはかつて病の身でさえ戦姫で最強と謳《うた》われたサーシャがいる。ティグルとリムも神器持ちだ。今回は、様子見の必要もない。たとえ魔物がいようと、ランスロットの鎧を着た凄腕の剣士がついてようと、正面から押しつぶしてしまえばいい。

そう、戦力で上まわっているなら力押しでいいのだ。下手な小細工は、むしろ敵につけ入る隙を与える。懸念としては、魔物という存在の底が知れないところだが……。

——パーシバルは、単独で魔物を撃破したらしい。なら、俺たちだって。

そんな思いがある。ティグルは松明を捨てると、弓に矢をつがえて立ち上がった。リムは迂闊に飛び出さず、ティグルの前に立ち、赤い小剣に持ち替える。

ほんの僅か、床をこするように歩く足音が響いた。狼男とおぼしき存在が、ティグルたちから見て左前方から、左側面にまわりこもうとしているのだ。

「リム」

ティグルは弓と矢の方向を左にずらして、リムに敵の位置を教えた。彼女はティグルの意図を理解したのだろう、無言でうなずく。おそらく敵の方からはティグルたちが煌々と照らし出されているだろう。合図は丸見えだ。それでいい。

直後、左側面の闇から小石が連続して飛来した。指弾だ。リムは小剣を掲げて赤い光の膜を張り、その結界で小石を弾く。闇の中から舌打ちの音がした。

――そこだ！

相手の反応をうまく引き出せたティグルは、舌打ちが聞こえた方向に矢を放つ。

闇に吸い込まれた矢が、何かに突き刺さる音。成人男性であれば胴体くらいの高さだ。闇の中の存在は、忌々し気な呻きと同時に、動物のような唸り声をあげる。

今回、ティグルは緑の髪の指輪に祈りを捧げていない。そんな余裕もなかった。それでも、相手が忌々しく思う程度の傷を与えることができたということである。

胴体に矢が刺さっておいてその程度という時点で、ただの人ではありえない。次は善き精霊モルガンの力を借りるべきだろう。

「ええい、忌々しい！　なぜだ！　なぜ、神器持ちが何人もいる！　この島で何が起こっているというのだ！」

ティグルの矢を受けたとおぼしき相手から、棘のある声が飛んだ。しわがれた老人のような、がらがら声だった。

「この辺境で吸血していれば、安全だと思いましたか？　人を甘く見すぎですね、ご老人」

リムが挑発する。この敵が吸血鬼かどうか、吸血が目的なのかどうか、ティグルたちには確証がない。かまをかけたのだ。闇の中で、息を呑んだ気配がある。

「貴様ら、どこまで知っている！」

そう叫んだあと、しまったという気配があった。反応してしまったことそのものが回答であると気づいたようだが、もう遅い。

「実に面白い。ストリゴイの伝説、本当なのだね」

前方の闇の中で剣戟の音を響かせながら、サーシャが声をあげる。彼女の相手である全身鎧の剣士はやはり、とてつもない凄腕であった。体術で勝り軽装なサーシャであるから、かろうじて相手の全ての剣に対応できているものの、攻撃に転じることが難しい程度には苦戦している。

そんな状態でも、サーシャはティグルたちの相手に声をかけた。闇の中の敵に対して挑発が有効という判断である。

そんなサーシャに対して、数発、指弾が飛ぶ。サーシャは斜め後ろから飛来するそれを、まるで背中が見えてるかのように余裕をもってかわしてみせた。前方の剣士を相手にしながらの神業的な動きだ。

「こうもムキになるとはね。長生きしても所詮、魔物とはこの程度か」

もっとも新しい円卓の騎士は、更に言葉を重ねる。相手が魔物だと断定して反応を窺《うかが》っているのだろう。流石に今度は、相手も沈黙を守ってみせた。否定しても肯定しても、それが手がかりになる。

――ずいぶんと、煽る。でも今は、それが必要なんだ。

ティグルは感嘆した。この短時間の戦いで、何となく理解していることがある。このままでは自分たちは負ける、ということだ。

なぜかは、わからない。サーシャとティグル、リム。今、このアスヴァール島に集まった中でも屈指の腕を持つ騎士三人に、三セットの神器。最高の札を揃えた乾坤一擲《けんこんいってき》の勝負のはずだった。これまでのところ、形勢も悪くない。

にもかかわらず、焦りがある。足りない、届かない。狩人の勘がそう叫んでいる。

酒場で平民たちがするようなカード遊びを、ティグルもたしなんだことがある。ほとんど運だけで決まるようなギャンブルだが、強い者は異様なほど強かった。ここぞというところで大金を積み、仕留めてみせる。

イカサマをしているわけではない。彼らに訊ねると、勝負どころで特有の嗅覚が働くのだという。

「この感覚、坊ちゃんにはわかるかねえ」

「狩人が獲物を狙うときの、ここぞって感覚と似ている気がするな」

「ああ、狩人たちはみんな、そう言うんだ」

かつて、アルサスの酒場で、そんな話をしたことを思い出す。

戦にも嗅覚の利く者がいる。ここぞというところで直感が働く者がいる。目には見えない流れを観る者がいる。

サーシャは、そういった者のひとりなのだろう。

指弾がまた、サーシャの方に飛ぶ。

――今だ。

ティグルは善き精霊モルガンに祈った。緑の髪の指輪が淡く輝く。込める力は、ほんの僅か。

指弾を放った者に対して矢を放った。光輝を帯びた矢が、闇に吸い込まれる。闇の中で、一瞬、見えた人影は、顔も含めて全身が狼の毛に覆われ牙が生えた男であった。

矢は狙い過たずその男に突き刺さる。絶叫があがった。大きな爆発が起こる。爆風がティグルたちを襲った。リムが赤い小剣の結界でその風圧を受け止める。

天井から、瓦礫が落ちてきた。ティグルは慌てて立ち位置を変え、彼の頭ほどもある岩を回避する。間一髪だった。

前方の戦いは、どうか。剣戟の音が聞こえてこなかった。

「サーシャ！」

リムが叫ぶ。返事がない。と、ティグルの放った一矢を浴びた進行方向から見て左側の壁が派手な音を立てて崩れる。夕日が差し込んだ。広い部屋の中がはっきりと見える。

――ほんの少しの力だけで、これか。やはり、屋内でこの力を使う時は用心しないといけないな。

部屋の奥には下への階段があった。この下にも同じようなフロアがあるのだろうか。

その階段の横に、おびただしい人影が折り重なって倒れていた。身動きひとつしない。服装からして兵士の死体のようだ。

そして、死体の手前に、大穴が開いていた。サーシャと剣士が戦っていたあたりだ。サーシャの安否が気になる。そちらに駆け寄りたかったが、そうもいかない事情があった。

倒壊した壁の傍で、差し込む夕日に照らされて、人影がひとつ、立ち上がったからだ。

鋭い牙を剥き出しにした、毛むくじゃらの人物だった。いや、先ほどの動揺から察するに、あの者こそが伝説に謳われた吸血鬼ストリゴイなのだろう。

「まさか、まさかだ！　そうか、そういうことなのか！」

ストリゴイは双眸《そうぼう》を爛々《らんらん》と赤く輝かせ、ティグルを睨んでくる。長く垂れた舌は赤く染まり、大量のよだれが垂れている。両手の爪は鋭く長く伸び、陽光を浴びて、まるで短剣のように銀色に輝いていた。全身の灰色の毛が逆立っている。

なるほど、これは暗いところで見れば、狼男と勘違いするだろう。

だがここにいるのは伝承にあるようなたくましい筋肉のついた男ではない。目の前のヒトならざる人型の存在は、ひどく痩《や》せていた。撫で肩で、貧相な肉づきをしていて、背が奇妙にねじまがり、ティグルよりも小柄であった。頬もこけている。太陽の光の下で見れば、ひどく貧相に見えるだろう。

「弓！」

ストリゴイは、ティグルを睨みつける。どうやらリムのことは眼中にないようで、ティグル自身と、その手にある黒弓に全ての注意を振り向けていた。

「弓！　弓！　弓！　今代《こんだい》の弓の王！　貴様とここで出会ったのが吾輩の幸運である！」

「いいえ、あなたはここで討ち取られるのです」

リムが、動いていた。松明を捨てて一度、敵の視界から消え、じりじりと位置を移動していたのだ。敵の斜め後ろ、充分な間合いまでたどり着くと、左手で青い小剣を抜き、二刀でもって、脇から吸血鬼に躍りかかる。

——こいつが黒弓に執着する理由は知らないが、今は問答無用、とにかく倒すべき相手なのは間違いないんだ。

ティグルには相棒がそう動くと読めていた、信頼していた。ストリゴイの注意を引くため、敵とまっすぐ視線を合わせていた。リムをちらりとでも見ないようにした。

だがストリゴイは背中に目があるような動きでリムの一撃をかわすと、指弾を放って彼女に反撃した。リムは赤い剣の結界で指弾を弾くと、逃げる相手に青い剣を投擲する。青い剣は身をすくめたストリゴイにかわされたが、そのまま弧を描いて今度は敵の背後から襲う。

ストリゴイは、その一撃をかわさなかった。

背中に青い剣が突き刺さる。ほぼ同時に、ティグルは緑の髪の指輪の力を借りて矢を放っている。ストリゴイはリムと戦いながらもティグルの弓に注意を注いでいたようで、これまでにない鋭い動きで跳躍すると、部屋の隅、陽の光が及ばない闇の中に身を投げ入れる。

避けられてしまった。ティグルの放った矢は宙を射貫いて穴の外に飛び出ると、丘のはるか向こう側で巨大な爆発を起こした。

闇の中で、ストリゴイのけたたましい笑い声があがる。ティグルが次の矢を放つ前に、敵の背中に刺さったはずの青い剣が投擲された。ティグルは矢を放ち、それを迎撃する。回転する青い剣はティグルの矢に弾かれ、鋭い音を立てて石造りの床に突き刺さった。

「リム、剣を取るな！」

床に刺さった剣に手を伸ばしかけた相棒に対して、ティグルは鋭い声を飛ばす。リムはすんでのところで動きを止めた。

直後、腰より下を狙った指弾が青い剣のすぐ傍を通過し、ティグルの脇を抜けて反対側の壁面を砕いた。

リムはびくっと身を震わせる。彼女が剣を手にとっていたら、今頃は彼女の脚が吹き飛ばされていただろう。赤い剣の結界はギネヴィアの小杖《ワンド》の結界より範囲が狭く、足もとまで完全に覆うことができない。長い時間展開すると強い疲労を覚えるため、常時、結界で守り続けるわけにもいかず、頻繁な切り替えが必要らしい。その弱点を突かれた形だ。

おそらく、この敵とは三度目の戦いとなる。一度目は、濃い霧に隠れて現れた。二度目は、夜の闇に紛れて村を強襲してきた。

今回の戦い方を見ても、自分は姿を隠して安全なところから攻撃するのが何よりも得意な戦法のようである。何百年も生きた魔物という肩書にしてはずいぶんと臆病に見えるが、実際に対面していて非常に厄介なことは確かだった。加えて、善き精霊モルガンの加護がついた矢を受けても五体満足で動いているのだから、相応に頑丈である。

——これが、魔物。魔物とは何なのか、未だによくわからない。パーシバルは、よくもまあこんな相手を倒せたものだ。

ふと、ティグルの中で何かが引っかかった。もう一度、これまでの情報について思い巡らせる。何か重要なことを見落としている気がするのだ。

円卓の騎士、魔物、ティグルたち、神器……。

——何だ、何を見落としている？

ストリゴイと激しい攻防を続けながら、ティグルは思考を巡らせる。やはり、自分やリムの一撃はこの吸血鬼と呼ばれた存在に対して効果的な傷を与えていないように思える。これまで、黒弓と双紋剣《カルンウェナン》は出会う敵に対して充分な力を発揮していた。なのに今回ばかりは……。

――神器の力が足りない？　いや、そんなはずはない。パーシバルもモードレッドも、とてつもない強敵だった。

善き精霊モルガンによって力を引き出された黒弓と、湖の精霊に与えられた双紋剣。まだ全ての力を引き出したとは言えないが、例えばパーシバルは魔物を討伐した後、ティグルたちによって討ち取られている。単純に力が足りないとは思えない。

――相性か？

思い出すのは、双紋剣がパーシバルやサーシャといった蘇った死者に対して特に力を発揮するという事実だ。つい先ほども、サーシャの赤黒い武器では致命傷を与えることが難しかった影法師をリムの双紋剣が一撃のもとに降している。ストリゴイという吸血鬼は、魔物という存在は、その分類に入らないということだろうか。

だとしても、ティグルが善き精霊モルガンの力を込めて放った一撃ですら、あまり効いた様子がないというのは……。

――でも、パーシバルは魔物を討伐した。

三百年前の光景を思い出す。ティグルとリムとギネヴィアは、あの山の神殿で、ガラハッド卿によって彼の過去の記憶を見た。

過去の光景の中で、パーシバルとアルトリウスは何と言っていたか。

円卓の騎士数人がかりでも魔物に勝てなかった、逃がしてしまった。パーシバルとアルトリウスは、確かにそう言っていたではないか……。

——三百年前は、パーシバルを含む複数人の円卓の騎士でも逃がしてしまった魔物。でも数か月前はパーシバルひとりで討伐できた。蘇った円卓の騎士は、何が違う？

ここまで条件を絞り込めば、浮かび上がってくる条件がある。三百年前と今の両方を知るティグルだからこそ、わかることがある。

——赤黒い武器だ。あれは本来、魔物を滅ぼすための武器なんだ。

やるべきことがわかった。サーシャをこの敵、ストリゴイにぶつけるのだ。ランスロットの鎧を着た剣士は、ティグルとリムが相手をすればいい。

問題は、サーシャとランスロットの鎧を着た剣士が部屋の奥の穴に落ちてしまったということである。下へ続く階段の近くだから、彼女が落ちたところにも相応に広いフロアがあるのだろう。彼女のことだ、今も剣士と戦い続けているに違いない。

早急にサーシャと合流する必要がある。あの穴から飛び降りるべきだろうか。しかし……。

「ティグル」

リムが、闇の中から指弾を飛ばしてくる敵を睨みながら言う。

「私はあなたの指示に従います。あなたの思うまま、采配《さいはい》してください」

覚悟が決まった。ティグルは黒弓に矢をつがえ、またほんの少しだけ緑の髪の指輪の力を引き出す。ストリゴイは、何かしようとするティグルを邪魔しようと、指弾を放ってくる。それをリムが赤い剣で結界を張り、全て防いでみせた。

ティグルはつがえた矢を、部屋の隅の床に向けた。闇の奥の敵が、息を呑む気配がある。

「待て、何をする気だ、弓！　貴様、やめろ！」

無視して、矢を放つ。強い力をまとった矢は石造りの床面に吸い込まれ、爆発を起こす。床が、部屋全体が、大きく揺れた。

毛むくじゃらの男が、狼狽の声と共に夕日に照らされた空間に飛び出してくる。リムはこの隙に青い剣を床から引き抜き、敵との距離を詰めた。青い剣で斬撃を放つも、これは鋭い爪によって受け止められる。

「リム、先に行くぞ」

「どこへですか」

「そこの穴だ！」

叫ぶや否や、ティグルは落ちていた松明を掴み、己の矢で砕いた床面の裂け目に放り投げる。すぐに自分も身を躍らせた。

落下の感覚。恐怖をこらえ、下を見る。先に落とした松明の明かりが、下の床面を照らしていた。薄く水が張っているように見えるが、幸いにして高さはそうない。腰を曲げて着地する。

床が濡れていて、靴の底がずるりと滑った。懸命に踏ん張り、転倒をこらえた。

ふう、と息を吐いて、吸う。ひどい腐臭がして眩暈を覚えた。

――何だ、ここは。

剣戟の音が響いていた。横を見れば、松明を片手にサーシャが銀鎧の剣士と刃を交えている。どうやら双方とも無事であったようだ。とにもかくにもサーシャの無事は喜ばしいことだった。

「やあ、来てくれたね。ティグル、やって欲しいことがあるんだが」

「何でも言ってくれ」

「明かりを。松明だけじゃ心もとないし、この敵を相手に片手が塞がれているのは辛い。部屋をできる限り明るく照らして欲しい」

なるほど、ならば徹底的にやるとしよう。ティグルはもう一度だけ危険を冒すことを決意し、弓に矢をつがえる。先ほどの要領で緑の髪の指輪の力を込めた。頭の中で丘の中にあるこの部屋のだいたいの位置を想像する。

もっとも丘の外に近い壁面に向かって、矢を放った。

矢は光輝を帯びて壁面に吸い込まれ、四度目の大爆発が起こる。壁面に大穴が開き、陽光が差し込む。幸いにして、三百年以上前に建てられた頑丈な部屋は今回も持ちこたえた。それでも天井からぱらぱらと小石が降ってくる。

部屋の様子がくっきりと見えた。サーシャが思わず呻き声をあげる。ティグルも唇をきつく噛んで悲鳴を押し殺した。

広い部屋の中は、血の海だった。

肉片が床に転がっている。それが、腐臭の原因だった。

人の頭の欠片があった。腕の欠片があった。脚の欠片があった。胴体の欠片があった。男の欠片があった。女の欠片があった。老人の欠片があった。子どもの欠片があった。飛び出た眼球が無造作に転がっていた。ちぎれた小さな掌が壁の隅に転がっていた。ブーツとその中身が階段の脇に積み重なっていた。

無数の死体だった。人であったものの、成れの果てだ。おそらく、攫《さら》われた村の人々だ。イオルたちの村の民である。

喰われたのだ。

誰に？　もちろん、上の階にいる吸血鬼だ。

部屋の隅に無数の骨が重なって小山をつくっていた。奇妙な装飾を施されたコフィンがその傍に転がっている。あれが吸血鬼の寝床なのだろうか。

「なるほど、これは……」

歯ぎしりの音が聞こえた。サーシャだった。黒い双眸が夕日に照らされ、怒りで燃えているようだった。

「これが、魔物の所業《しょぎょう》か！　人を喰らう者たちの悪意か！」

サーシャは獣のように吠えると、松明を落として左手にも小剣を握り、二刀でもって銀鎧の剣士に猛然と襲いかかった。

怒りに任せて攻め立てる。驚くべきは銀鎧の剣士が、そのサーシャの攻撃すらものいでいることだった。一本の剣でもってサーシャの斬撃を弾き、刺突を紙一重でかわし続ける。時折、赤黒い刃が銀鎧に当たるも、芯を外された一撃は何ら鎧を傷つけることがない。

ティグルが知る限り最強の剣士を相手にして、完璧な立ちまわりといえた。

――妙だ。

激しい戦いを見守るうち、ティグルはその立ちまわりに奇妙な感覚を覚えていた。

――俺は、この剣士を知っている気がする。

思い出すのは、神殿で見た三百年前の光景だ。アルトリウスと、まさにこの鎧を着て戦っていた男がいた。彼は妹のために戦っていた。ギネヴィアという未来のアルトリウスの王妃を想って、アルトリウスと刃を交えていた。

湖の騎士ランスロット。湖の精霊に育てられたギネヴィアの兄。後に円卓の騎士ランスロットと呼ばれ、ギネヴィアを殺した魔物を追って大陸に向かった人物である。

――まさか。三百年前だぞ。ボールス卿やガラハッド卿のように生き返ったというのか？　だとしても、アルトリウスが知らない経緯で、円卓の騎士の敵として、魔物の部下になっているというのか？

奇妙だった。違和感しかないとすら言える。だが、目の前の剣士の剣技が尋常ではないことだけは事実だった。サーシャで互角ということは、他の者ではとうてい太刀打ちできないということである。

ティグルが下の階に来たのはサーシャに吸血鬼ストリゴイを任せるためだったのだが、もはやそれどころではない。まずは銀鎧の剣士を何とかする必要がある。

何とか、といってもティグルとサーシャだけですぐに倒すことができるだろうか。上では、今もリムとストリゴイが戦っているはずだ。時間の余裕はない。拙速であっても、やれることをやってみるしかないだろう。

「サーシャ！」

ティグルは黒弓に矢をつがえ、緑の髪の指輪の力を込めた。先ほどより多めに、かといってやりすぎない程度に鏃が眩く輝く。サーシャは心得たもので、銀鎧の剣士の猛攻をかわしながら、相手を巧みに誘導し、壁面に開いた穴の傍に立たせた。

ティグルが矢を放つ。その一矢は目を開けていられないほどの光を放って銀鎧の剣士に直撃し、身体を吹き飛ばした。

爆風でサーシャがティグルのもとまで飛ばされる。ティグルはとっさに彼女の左腕に手をまわし、掴んで引っ張った。ふたりとも、もんどりうって部屋の隅に転がる。床の血がしぶきをあげて、全身を濡らす。

ティグルは顔にかかった鮮血を手でぬぐって立ち上がる。銀鎧の剣士の姿は部屋から消えていた。丘の内側をくり抜かれてつくられたこの空間の外に吹き飛ばされたのだ。少なくとも、隣の丘より更に彼方まで。生きているかどうかはわからないが、一時的にとはいえ、サーシャですら苦戦するおそるべき脅威は去った。

「リム！」

天井を仰いだティグルの叫び声に、すぐ返事がきた。ひと呼吸する間にリムが飛び降りてきて、部屋の惨状に絶句する。

「これは……。あまりにも、酷い」

その直後、天井が割れて、無数の瓦礫が落下した。リムは赤い剣を頭上に掲げ、結界を張る。もし外に逃げ出していたら、瓦礫に交じって落下するや否や指弾を壁の裂け目に放っていたストリゴイによって仕留められていただろう。

ストリゴイが血だまりの床に着地する。血の海が跳ねて、全身の灰色の毛を濡らした。

「小癪《こしゃく》な。今代の弓の王よ、よくも吾輩の領地を荒らしてくれたな。貴様らはけっして生かして帰さん」

ストリゴイが両腕を高く掲げた。

部屋の隅に積み重なった死体の山が蠢《うごめ》いた。間欠泉のように、黒い泥のようなものが吹きあがる。それは粘土をこねくりまわしたように、ひとつ、またひとつと人型の塊となって、ふらつきながら歩き出す。

「影法師！」

リムが唸った。村人や兵士の死体をああも邪悪にこねくりまわすことで、影法師が生み出されたその様子を、ティグルたちは今まさに目撃したのである。

創造されたばかりの影法師が数体、ティグルとサーシャに迫ってくる。リムはその前に立ちふさがって、双剣を構えた。

影法師がリムに腕を伸ばしてくる。膂力に優れたその腕に捕まれば、それまでだ。リムは影法師の腕を避けつつ、不安定に揺れる首に二刀の斬撃を叩きこんだ。

影法師が、苦悶の声をあげて床に倒れる。その身が崩れ、泥となって動かなくなる。やはり、影法師には双紋剣が有効であった。

「忌々しい！」

床面の血が海のように波打ったかと思うと、無数の液体の管となってティグルたちを襲った。リムが赤い剣で結界を張って正面から来る血の管を抑え、サーシャは左右からまわり込もうとしてきた血の管を赤黒い双剣で片っ端から切り伏せた。一度赤黒い武器の一撃を受けた管は力なく床に落ち、ただの液体に戻る。

ティグルは弓に矢をつがえ管を一本、射貫いてみたが、血の管はまったく意に介さずこちらに迫った。それをリムの左手に握られた青い小剣が切り伏せる。蠢く管は青い剣を受けてもなお、弱々しくこちらに迫った。サーシャが追いつき、それを斬って捨てる。

「影法師には私の武器がよく効きますが、サーシャ、吸血鬼ストリゴイにはあなたの武器がもっとも効果的なようです」

「そうみたいだね。ここは僕がやろう。あの銀鎧の剣士は……」

「俺とリムが何とかする」

三人は互いにうなずいた。ティグルの一撃で銀鎧の剣士が死んでいればいいが、そうはなっていないだろうという奇妙な確信がある。

残りの影法師たちが迫ってくる。サーシャが、その一体を蹴飛ばした。

「行ってくれ！」

サーシャの掛け声と共に、ティグルとリムは崩れた壁に向かって駆け出す。ストリゴイが苛立たしい叫び声をあげ、ふたりの邪魔をしようと血の管を伸ばすが、サーシャが間に割って入り、赤黒い剣の一撃で蛇のようにのたくる管を破壊する。

ティグルとリムは、廃砦の外に飛び出た。


赤い夕陽が、間もなく丘陵の向こう側に没しようとしている。廃砦内部の死闘などなかったかのような、平和な光景だった。

その平穏はすぐに破られる。丘の向こう側から、飛ぶように駆けて来る者がいた。先ほど吹き飛ばされた銀鎧の剣士だ。

「ここで、こいつを倒すぞ」

「ええ、サーシャがストリゴイを抑えてくれている間に」

銀剣の刃がはるかに伸長して、ティグルたちの近くの地面に突き刺さる。ロープのように伸びたその刃が、今度は収縮した。銀鎧の剣士は梃子の原理で宙を舞い、頭上からティグルたちに襲いかかる。

彼の銀剣がこのように特殊な力を持つことを、ティグルとリムはよく知っていた。三百年前のアルトリウスとの決闘の中で、その能力はたいへんに印象的であった。

──過去の光景を見ていなければ、不意を打たれただろうな。

ティグルは弓に矢をつがえ、緑の髪の指輪の力を使って放った。

光輝を帯びた一撃が銀鎧の剣士を襲う。今回は遠慮する必要がないため、かなり力のこもった一撃だ。銀鎧の剣士は伸長した銀の刃をひねって空中で向きを変え、矢に向かって左手の手甲を突き出す。

手甲から打ち出された黄金色の光がティグルの矢を焼き、凄まじい爆発が起こった。リムは赤い剣で結界を張っていたが、野外では爆風の全てを防ぎきることができず、ふたりとも激しい爆風で吹き飛ばされる。土煙が派手に舞い、ティグルの視界を覆いつくす。

──この攻撃も、ランスロットとアルトリウスの決闘で見た。

銀鎧の剣士が着地する音が聞こえた。ティグルはリムの手を引き、とっさに身を倒す。銀の刃が三つ、一瞬前までふたりのいた空間を薙ぎ払った。銀鎧の剣士が、煙に紛れて銀剣を三つに割いて薙ぎ払ったのだ。これもアルトリウスとの決闘を見ていなければ初見で捌くことは難しかっただろう。わざわざ爆発の土煙に紛れて仕掛けてくるとは、流石は……。

——流石は、円卓の騎士でも最強と謳われる者か。

ふたりは地面を転がり、起き上がる。一瞬の判断ミスが死につながる厳しい戦いだ。額を汗がしたたり落ちる。

「俺は、あの剣士はランスロット卿だと思う」

「ランスロット卿本人、ですか。まさか……いいえ、既に前例がありますね」

リムは柔軟な思考でティグルの言葉を受け入れてくれた。彼女は破天荒な公主の下でずっと働いていた実績がある。もとより、この敵を侮《あなど》っていいことなどひとつもない。考えられる限り最強の敵だと認識しておくのが無難であった。

リムは二本の剣の刃を銀鎧の剣士に向けた。

「あの剣士に対して、双紋剣が怒りを覚えている感覚があります」

「兜の中に何が入っているにしても、その剣が有効なのは確かだろう」

双紋剣は、サーシャや他の円卓の騎士たちに対してだけでなく影法師に対しても反応していた。どちらも一度は死んだ者である、ということか。銀鎧の剣士も同じであるなら、やはりサーシャと戦う相手を入れ替えたのは正解なのだろう。

「あの伸びる剣は、どこまでも相手を追うらしい。リム、避けようとしてはいけない。確実に弾いてくれ」

「分かりました。つくづく、予習が済んでいてよかった」

まだ土煙が視野を塞いでいる。銀鎧の剣士は再び銀剣を三本に割って伸長させ、やみくもに振りまわしてきた。リムは赤い剣で結界を張り、複雑な軌道を描く攻撃を弾く。

刃を弾いた瞬間、地面を蹴る音をティグルは耳にした。相手がこちらの位置を掴んだのだ。

「来るぞ！」

土煙の中から銀鎧の剣士が飛び出してくる。それに合わせて、ティグルは緑の髪の指輪の力を込めた矢を放った。銀鎧の剣士はこれを予期していたのだろう、ティグルが矢を放つ瞬間に身をよじり、射線から回避する。ティグルの放った矢は舞い上がった土煙を突き破り、その向こう側の丘に突き刺さって爆発を起こした。

ティグルの一撃は外れた。だが、それでいい。重要なのは銀鎧の剣士の突進が止まったことだった。相手が体勢を立て直したときには、リムがそこに肉薄している。

リムの右手の赤い剣による斬撃を銀鎧の剣士は剣で弾いた。左手の青い剣による刺突を、後ろにステップしてかわす。連撃を避けられたリムは仕切りなおさず、そのまま身体ごとぶつかっていく。

「今こそ――」

リムは、青い剣と赤い剣の柄頭を合わせた。双紋剣の接合部が白く輝き、次の瞬間、一本の双頭剣が生まれる。

——三百年前に見た光景だ。アルトリウスが、まさにランスロットと戦ったときに見せた、あの力だ。

リムは神殿であの光景を見てから、何度か試してみたという。幾度やってみても、双紋剣は双頭剣にならなかった。何かが足りなかったのだ。その欠けているものが、今、満たされたのだろう。この土壇場で、乾坤一擲の挑戦は実を結ぶ。

青と赤の刀身がひときわ強く輝く。

双頭剣を構えるリムの姿が、ほんの一瞬、ありし日のアルトリウスに重なった。今この一時、彼女は誰よりも頼もしい、何よりも懐かしい、御伽噺《おとぎばなし》の中の英雄だった。

リムは裂帛《れっぱく》の気合のもと、双頭剣の青い刃を突き出した。雷光のような鋭い刺突が銀鎧の剣士の喉もとに突き刺さる。黒い液体が、血のように迸《ほとばし》る。

致命傷だった。少なくとも、生きている人が相手であれば。

剣士のフルフェイスの兜が衝撃で吹き飛ぶ。中から出てきたのは、影法師と同じ黒い泥のような、おぞましい顔だった。リムの一撃を受けて、銀鎧の剣士は後ろに倒れ込む。その際、喉に青い剣を受けた黒い泥の顔が……。

優しく笑ったように、ティグルには思えた。

その口が、動いた。

「ありがとう」

そう言っているように見えた。

銀鎧の剣士は仰向けに倒れる。動かなくなった。

顔の輪郭が崩れていく。泥の塊となっていく。手足を包んでいた鎧が、中身が消えたかのように転がった。継ぎ目から黒い泥が溢れ、地面に溶け込んでいく。

ティグルとリムは、呆然としてその光景を見送った。

夕日のもと、泥は土に染み込み、大地へと還っていく。ほどなくして、残ったのは剣士の鎧と剣だけであった。


リムの双頭剣から輝きが消え、柄がふたつに割れて双紋剣に戻った。

猫の鳴き声がすぐ近くで聞こえた。いつの間にか、丘の頂上の廃砦にいたはずの白い子猫が鎧と剣の前にちょこんと座っていた。

「ケット、君は……」

猫の王は空を見上げ、もう一度、まるで鎮魂の歌を歌うように高く鳴いた。ほうぼうの丘に狐や狼の姿があった。獣たちの、猫の王に呼応するような鳴き声が聞こえてきた。先ほどの死闘が嘘のような、幻想的な光景が広がっていた。

子猫の緑の瞳が、ティグルをまっすぐに射すくめる。

「子は忠義を尽くし、母に捧げた祈りは報われた。いと尊きお方は、お前たちに感謝するとおっしゃった。余はその言葉を代弁する者である」

「いと尊きお方って、湖の精霊のことか」

やはり、この銀鎧の剣士は本物のランスロットだったのだろう。湖の精霊は、己が育てた人の子のことを、ずっと気にかけていたのだ。

三百年前から、いまこの時まで、ずっとこうして存在していた。生きていた、とはとうてい言えないかもしれないが……。

「円卓の騎士ランスロットは、大陸に赴いた後、吸血鬼ストリゴイによってこの姿に変えられたんだな。湖の精霊はそのことを知った。なあ、ひょっとして、双紋剣に蘇った死者を滅ぼす力があるのも、湖の精霊がこのときのために用意したんじゃないか。あるいは、湖の精霊が蘇った死者を憎悪するというのも、ランスロットがこうなったからじゃ……」

猫の王は何も言わず、じっとティグルを見つめた。きっと、彼の言葉に返事をすることは猫の王の権限を超えるのだろう。だからティグルは、ただ自分の考えを、自分の想いを一方的に語ることにした。

「ひょっとしたら、アルトリウスも何らかの方法で、ランスロット卿の末路を知ったんじゃないか。そのうえで、彼は復活の時期を選んだ。パーシバル卿は王妃ギネヴィアを殺した魔物に仇討ちをしたかったけれど、アルトリウスはランスロット卿をこの永遠の呪縛に捉えた魔物をこそ、滅ぼしたかったんじゃないのか」

吸血鬼ストリゴイ。なぜ、今、この魔物が動いたのか。なぜ、ランスロット卿を己の傀儡《かいらい》として連れているのか。そのタイミングでアルトリウスと円卓の騎士が蘇ったのはどうしてなのか。それらは全て、連動していると考えるのが自然である。

ケットはティグルをまっすぐ見つめたまま、はい、とも、いいえ、とも言わない。ひょっとしたら、ティグルの考えすぎなのかもしれない。致命的に間違えている部分があるかもしれない。だが、その仮説には重要な示唆《しさ》があった。

「猫の王よ。吸血鬼ストリゴイは、俺を見て、今代の弓の王と言った。その言葉を聞くのはもう何度目かわからない。でも、魔物とかいう存在にまで言及されるとは思わなかったよ」

ティグルは首を横に振って、夕焼けに染まる空を見上げた。

「アルトリウスや円卓の騎士が魔物とかいう存在と戦うために蘇ったって話についても、俺はずっと、実感が湧いていなかった。このアスヴァール島で起こった戦争において、アルトリウスを倒すのが俺たちの目的だ。そのうえで相手が何を考えているのか知っておくのは重要だと思った。でも、それだけだった。まさか俺のこの弓まで、いや、俺そのものまで、魔物との因縁があるなんて思ってもみなかった。今にして思えば、あの弓の王を名乗る奴がジスタートで戦姫と戦っている理由も魔物を倒すためなんだから、何かあると考えて然るべきだったんだろう」

疑問点は、まだ多い。魔物たちは何を求めてこのアスヴァール島にやってきたのか。パーシバル卿が倒した魔物はともかく、ストリゴイは明らかに、何か目的をもってこの地で動いていた。ティグルたちが訪れなければ、サーシャひとりでは対処することも難しかったであろう脅威でもって、ひっそりと活動していた。

なぜ？　それが、わからない。


「ティグル様！」

隣の丘から、イオルたち三人が、全員の馬を引いて駆けてきた。ティグルは彼らのもとへ駆け寄り、矢筒を交換する。予備の矢筒も背に抱えた。これで矢の数を気にせず戦える。

「いったい何があったのですか。大きな音がいくつも聞こえて、まぶしい光と爆発が……。ああ、ティグル様、せめて布で顔をお拭きください」

「ありがとう、助かるよ」

血溜まりで派手に転んだからだろう、きっと今、ティグルの顔は血まみれのはずだ。差し出された水筒を頭からかぶり、布で顔を拭く。リムも同じようにした。

「君たちはここで待機していてくれ。帰りの馬が潰れると困る。危ないと思ったら、躊躇《ちゅうちょ》なくこの場から離れるように」

ティグルは廃砦のある丘を振り返る。まだ、あそこで戦いが行われているはずだ。

「戻ろう、リム。サーシャを助けて、吸血鬼ストリゴイを滅ぼす」

「ええ、もちろんです」

部下たちを丘のふもとに置いて、ティグルとリムは丘に開いた穴に駆け戻った。

†

丘の側面にぽっかりと開いた廃砦の穴の前に戻ったとき、穴から数体の影法師が飛び出してきた。リムがティグルをかばうように立ち、双紋剣で影法師たちを叩き切る。一体につき一撃で致命傷を与え、草原の染みに変えていく。

中では絶え間ない剣戟の音が聞こえていた。死闘はまだ続いている。

「このまま中へ？」

「いや、暗い場所は敵が有利だ。夜になる前に、明るいところで決着をつけたい」

これまでの戦いで、ストリゴイが夜目の利く相手であることはよくわかっていた。相手の有利な土俵で戦う必要はない。

丘の向こうに落ちかけた太陽を一瞥したあと、ティグルは弓に矢をつがえ、弓弦を引き絞ると緑の髪の指輪の力を込めた。

「サーシャ、穴から脱出してくれ！」

その言葉と共に、中から返り血にまみれたサーシャが飛び出してくる。

「やってくれ、ティグル！」

彼女の叫び声に背中を押されるように、ティグルは矢を放つ。光輝を帯びた矢はサーシャを追って飛び出してきた吸血鬼の胴体に吸い込まれ、これを吹き飛ばし、一拍置いて内部で爆発を起こした。

閉鎖空間に対して撃ち込んだ、遠慮なく力を込めての一撃である。凄まじい勢いで穴から瓦礫が飛び出してきた。サーシャをかばうように立ったリムが赤い剣の結界で瓦礫を防ぐも、暴風にこらえきれず、ふたりまとめて吹き飛ばされかけた。ティグルがふたりの背中を支える。

それでも勢いを殺しきれず、三人は共に丘を転がり落ちた。

ティグルは低く呻いて起き上がった。丘の上を見上げれば、頂上から黒い煙が吹きあがっている。ティグルたちの侵入した階段から立ち上っているのだろう。

「助かったよ。吸血鬼だけでなく影法師の群れにも囲まれて、逃げまわる隙間すらなくて、流石に厳しかったところだ」

立ち上がったサーシャは肩で息をしていた。円卓の騎士たちすら舌を巻く技量の持ち主であっても、薄暗い場所で影法師と吸血鬼を同時に相手にするのは厳しいのか。ようやくにして彼女の限界を見たような気がした。

「銀鎧の剣士は？」

「倒した」

ティグルは、きっぱりと告げた。

「最後に、死ぬことを喜んでいたように思う」

サーシャは、そうかとうなずいた。

「あとは、この一撃でストリゴイが死んでいればいいんだが」

サーシャの口調は、そうはならないであろうと確信しているかのようだった。ティグルとしても、あれで倒せた気はまったくしない。

はたして、黒煙吹き出す丘の頂で、小規模の爆発が起こった。

立ち上る黒い煙の中から、人のかたちをした何かが勢いよく飛び出してくる。吸血鬼ストリゴイだ。夕日を浴びて、灰色の毛が黄金色に輝いていた。あれだけの一撃を喰らってなお、無傷のように見える。その赤い双眸が、ティグルを睨んだ。

「こしゃくな弓め！　我が新たなる墓標をめちゃくちゃにしてくれたな！　もはや貴様だけは絶対に許さん！」

丘の上からのその叫び声が、ティグルの全身を射貫く。指一本、動かせなかった。ティグルは呻き声をあげる。

「ティグル、どうしたのです。震えて……手足を動かせないのですか」

「奴の目と声に力がこもっているのか？　おとぎ話にある、人を操る化け物のようなものか……」

と、ティグルの傍で、猫が鳴いた。猫の王の声だった。ティグルの全身を拘束していた見えない鎖のようなものが一瞬で消える。

「迂闊だぞ、下僕」

「助かった」

いったいどれほどの肉と魚を献上すればいいのだろうかと考えながら、弓に矢をつがえる。ストリゴイは、ティグルが拘束を破ったことに気づくと、さっと身を翻して丘の上から姿を消した。

逃げるつもりだ。用心棒たる銀鎧の剣士を失って形勢不利と見たのだろう。状況判断としては正しい。厄介な敵だ。しかも、ティグルを明確に仇と認識している。ここで逃がせば、次はどのような搦め手で来るかわかったものではない。

「追おう。何としてもここで仕留めるんだ」

ティグルは丘の下で待機していた若者たちを呼んだ。六人は、六頭の馬に乗って、追跡を開始する。

†

ティグルたちは、逃げる獲物を追う狩人だった。

夕焼けの空のもと、小さい黒い点のように見える彼方の影を馬で追う。

拙い乗り手である部下三人は早々に引き離されてしまった。最も騎乗技術に優れたティグルが二番手、コルチェスターでも特に優秀な馬を与えられたサーシャが先頭を走っている。リムはふたりに少し遅れて、必死に食らいついていた。

逃げるストリゴイは獣のように四つ足で疾走している。灰色の毛むくじゃらの男がそうしていると、まさに狼のようだった。狼男の伝説は、あるいはこの状態のストリゴイを見たものがつくったものなのかもしれない。リムの発言に反応していた通り、ストリゴイがジスタートのレグニーツァ公国領からはるばるこの島までやってきたというなら、その途上で大陸の各国を通り、狼男の伝説を広げた可能性は高い。

彼が墓標と言った、あの血だまりの中の光景を思い出す。

ストリゴイは、あのようなおぞましいものを各地でつくり出してきたのだろうか。だとすれば、決してここで逃がしてはならぬ。確実に仕留めなくてはならぬ。そのティグルの強い想いは、きっとリムもサーシャも同じくするものだろう。

ことにサーシャは、生前、レグニーツァの公主であった。かの地、彼女の治世においてストリゴイが同様の暴虐を働いていたと言うのなら、それを見過ごしてしまっていたという悔恨《かいこん》はいかばかりか、察するに余りある。

三人とも、気持ちをひとつにしていた。外道の跳梁跋扈《ちょうりょうばっこ》をこれ以上許してはならぬ。

「狼は」

馬で駆けながら、ティグルは前と後ろのふたりに叫ぶ。

「草を食む羊や牛を捕まえ、喰らう。でも脚力は、たいていの草食動物ほどじゃない。狼には長い距離を駆ける忍耐がある。持久力がある。狼は逃げる獲物を辛抱強く追いかけて疲れ果てたところを捕まえるんだ」

なぜ、そうなのか。ティグルはアルサスの森で年寄りの狩人に、動物たちの身体の構造についてその基礎を教わっていた。狼の身体つきは、走り方は、長い距離を走るのに向いている。ストリゴイが同じ長所を持っているなら、このまま馬で追いかけても逃げきられる可能性が高い。こちらから積極的に仕掛ける必要がある。

ティグルは馬を走らせながら、黒弓に矢をつがえた。彼我の距離は三百アルシン（約三百メートル）を超えて、しかも両者共に激しく移動している。ティグルの技量をもってしても容易ではない相手だ。

しかし、やらねばならない。弓弦を引き絞り、緑の髪の指輪の力を込める。鏃が白い輝きを放つ。神々よ、この一矢をご照覧あれ。

射る。

解き放たれた矢は放物線を描いて彼方で疾走する四つ足の獣に突き刺さった。激しい爆発が起こる。ストリゴイが矢を受ける寸前、身体をひねって右腕で顔をかばった様子をティグルは目撃した。

致命傷ではない。だが、これでいい。ティグルの馬は少し遅れたが、こちらはひとりではないのだ。

ストリゴイが爆煙から飛び出てくる。身体中からどす黒い血を流し、右腕を失っていた。懸命に逃げようとするも、その身はよろめき、速度は上がらない。サーシャとの距離が急激に縮まる。

サーシャは手綱から手を放し、赤黒い双剣を抜いた。馬の背に立ち、鞍を蹴って飛び上がる。体勢を崩したストリゴイに上から飛びかかった。

ストリゴイは不意の一撃に反応し、振り向きざま左手で上空に指弾を飛ばす。サーシャは身をひねって空中で小石をかわした。黒い髪の一部が、指弾を浴びてちぎり取られる。

ストリゴイが、ひっ、と怯えた声をあげた。

サーシャの黒髪が大きく揺れる。彼女の放った斬撃が、左の肩口を大きく抉る。黒い血が噴き出た。ストリゴイは悲鳴をあげて草原を転がる。サーシャは地面に降り立つと、勢いを殺さずストリゴイのもとへ跳躍する。相手にはもはや逃げる術などないと思われたが……。

「愚かな騎士め！」

ストリゴイの両肩から噴き出た黒い血が、まるで生き物のようにうねって空中のサーシャを襲った。枝分かれして大きく広がり、またたく間に網のようになる。跳躍しているサーシャには避けようがなかった。

「愚かなのは、君だ。その技はもう見た」

だがサーシャは冷静だった。こんなこともあろうと構えていたのだろう、赤黒い双剣を斜めに振るう。格子を形成する黒い血がバラバラに切断され、サーシャは手足を縮めて網の隙間をくぐり抜けた。そのままストリゴイのもとへ落下する。

ティグルの鋭い目は、長い歳月を生きたこの吸血鬼が驚愕する様を目撃した。

次の瞬間、サーシャの赤黒い双剣が、ストリゴイの首を刈り取っている。吸血鬼の頭部が宙を舞った。

「これが、今代の円卓の騎士か」

頭だけになった吸血鬼が、唇を動かす。

「覚えたぞ」

その頭部が、空中で黒い塊となり、続いてそれが砂のように崩れ去った。風に吹かれ、粉となって消える。続いて残る全身が、影法師と同じようなどす黒い塊となり、地面に崩れ落ちる。

サーシャが着地し、ストリゴイの死骸を振り向く。

「逃がしたか」

追いついてきたリムが、「どういうことです」と訊ねた。

「僕は以前、魔物にとどめをさしたことがある。あのときとは消える様子が少し違う。上手く逃げられたんだろう。いや、そもそもあれは、本体じゃなかったのか？」

ティグルは黙ってふたりの話を聞いた後、左右の草原を見渡した。動く影は、馬で懸命に追いついてくる部下たちだけだった。少なくともこのあたりに本体が潜んでいるわけではないようだ。

とんでもないことだった。あれほどの脅威を取り逃してしまったとは。

「ストリゴイとやらは、恐ろしく用心深いようだね。今、思い出したけど、レグニーツァに伝わる伝承の中には、吸血鬼は己の分身を用いて悪さを為《な》した、というものもある。てっきり影法師のことを言っているのかと思ったが……。こうなると、己の墓標と言った、あの丘の下の施設についても気になってくるな」

墓標。ティグルは血だまりの奥にあった棺桶のようなもののことを思い出した。ひょっとして、あれの中に予備の肉体をつくり、安置してあったのだろうか。そうしていくつもの予備をつくっていくのが、ストリゴイがこの地でやろうとしていたことなのではないだろうか。

最悪の事態だけは避けることができたということである。この地の異変を放置していれば、ストリゴイは民の犠牲のもと無数の己をつくり、アスヴァール島を恐怖に陥れるべく活動を開始していただろう。

そのかわり、後に禍根《かこん》を残すことになった。

「さて」

とサーシャは馬上のティグルとリムを見上げる。

「これで、僕たちと君たちが共同でことに当たるべきものは片づいた」

第5話　悪《アンシーリーコート》しき精霊

「お別れだね」

サーシャは告げる。夕日が丘の向こう側に落ちた。夜の帳が下りる。サーシャは口笛を吹いて、己の馬に合図を飛ばした。馬が夕日を追うように遠くへ駆けていく。

「僕の馬は、先ほどの戦いに怯えて逃げてしまったようだ。強行軍だったからね、馬も疲れただろう。あれを追って、捕まえて、休んで、それからゆっくりと帰るとするよ」

彼女なりの気遣いである、とティグルは気づく。いい同盟だった。いい戦いだった。いい仲間だった。それも、これまでである。次に会うときは敵同士だ。

「さらば」

ティグルたちが何か言う前に、サーシャは背を向け、馬の消えた丘に向かって歩き出した。

ティグルもリムも、去り行く彼女に言葉をかけなかった。言葉にしてしまったら、せっかく手に入れた何か大切なものを失ってしまうような気がした。それは布で大事に包んで、心の奥にしまっておけばいい。自分たちだけが、お互いだけが理解していればいいことであった。

故《ゆえ》に、ティグルたちも戦友に背を向け、その場を立ち去ろうとして……。

突如として襲ったひどい悪寒に、慌てて振り返った。

五十アルシン（約五十メートル）ほどの距離で、サーシャの歩みが止まっていた。彼女の前に、いつの間にかひとりの子どもが立っている。十一か二歳に見える、幼い少年だった。いや、それは見せかけだけかもしれない。

なぜなら、その少年とおぼしき人物は、この世の者ではありえないような藍色の瞳の持ち主で、鮮やかな緑の髪をしていたからである。

——精霊か！

ティグルの足もとで、猫の王が怯えた鳴き声をあげた。ちらりと彼を見れば、勇猛果敢な猫の中の猫が全身を縮こまらせて震えている。その歯がかちかち鳴っていた。尻尾を懸命に逆立てているのが、せめてもの抵抗なのだろう。

ティグルは弓に矢をつがえた。リムが双紋剣《カルンウェナン》を構えた。相手の見た目が子どもだからといって、侮《あなど》ることはない。ふたりとも、精霊のことはよく知っているつもりであった。

何が何だかわからないという表情をしているのは、ようやく追いついてきた若者たちである。彼らが乗っている馬が怯えて立ちすくんでしまっているうえ、剣呑《けんのん》な雰囲気にあてられているのか、声を出すこともできないでいる。

彼らに対して逃げろと叫びたかったが、口を動かすことができなかった。言葉に出すことで、場が動いてしまうことを懸念したのだ。

ティグルは矢を地面に向けたまま、無言で弓弦を引く。精一杯の準備だった。

「それじゃ、困るんだよ」

少年が口を開いた。サーシャを見上げて、にやにやと嫌らしい笑みを浮かべていた。

「子どものお使いじゃないんだ。命じられたことだけ済ませて、じゃあお帰り、では済まないんだよね」

サーシャはティグルたちに背を向けていて、その顔は見えない。だがティグルには、なぜか彼女が強い怒りをこらえているように思えた。

少年が、サーシャに対して右手を掲げる。その指先が緑色の輝きを放つ。

「今こそ誓約に従ってもらうよ。アレクサンドラ、君の手でティグルヴルムド＝ヴォルンを殺せ」

ティグルは弓を持ち上げ、少年めがけて矢を放つ。矢は正確に少年の眉間に突き刺さった。

だが、少年は頭部に矢を突き立てたまま、平然として藍色の瞳をティグルに向ける。

「姉さんのお気に入りめ、女神の傀儡《かいらい》め、君のおかげで、計画がめちゃくちゃだ。女神の好き勝手は、もうたくさんだ」

少年は、指を弾いて高い音を鳴らした。

サーシャが振り向いた。ティグルはその瞳が何も映していないことに気づく。ティグルを見つめているようで、ぼんやりとしていて、焦点を結んでいない。その全身から赤い光の粒が生まれる。

あの時と同じだ、とすぐ気づいた。

――パーシバルが暴走した、あのときの状態だ。

理屈でなく直感で理解する。もはや言葉は無意味、切り結ぶ他ない。

リムがティグルをかばうように立ちはだかる。赤い光の粒に包まれたサーシャが地面を蹴って突進してきた。

「サーシャ！　正気に戻ってください！」

リムはサーシャと剣を交えようとするも、一合と保たず横に弾き飛ばされる。切り伏せられなかったのは赤い剣の結界を展開していたおかげだ。それすら、一時しのぎにしかならなかった。

だがその一瞬で、ティグルも準備が完了している。三本の矢を抜き、いずれにも緑の髪の指輪の力を込めて、まず一本目を距離を詰めるサーシャに対して放つ。

サーシャは右手の赤黒い剣を軽く振るった。光輝を帯びて彼女に迫った矢は刃に触れることすらできずその手前で爆発し、跡形もなく消滅した。目に見えない何かが飛んだのだ、とティグルは気づいた。だがサーシャの起こしたその爆発によって、彼女の突進がわずかに緩む気配があった。

ティグルは爆風によって巻き上がった土煙で視界の大半が遮られる中、間髪入れず、二本目、三本目を放つ。サーシャは、今度は迎撃を諦めたようだった。地面を蹴って軽く身をひねり、二本目の矢を回避して土煙の外に出てみせる。三本目の矢が、斜めの回転によって軌道を変化させ、サーシャが逃げた先に向きを変えた。

サーシャはその矢めがけて左手の剣を振るう。鏃を両断してみせるも、その矢は衝撃で大きな爆発を起こした。爆風がサーシャを襲う。サーシャは地面に転がって爆風から逃れた後、素早く地面を蹴って、またティグルに突進してくる。

「そこ、です!」

横合いから、リムがサーシャに切りつけた。ほんのひと呼吸の時間稼ぎだったが、それによって一度は吹き飛ばされたリムが追いついたのだ。とはいっても、サーシャはその不意の攻撃も余裕をもって受け流してみせる。双剣同士の戦いであれば、やはり戦姫時代から慣れ親しんだサーシャに一日の長があるのだろう。リムはまたたく間に追いつめられていく。

それでも数合は保たせるのだから、リムも凄まじい勢いで成長しているはずだった。モードレッドとの厳しい戦いを通じて、彼女は双紋剣からいっそう力を引き出すことができるようになっていた。

だが、足りない。それでは圧倒的に経験が足りない。能力が足りない。技が足りない。戦姫最強と謳《うた》われた彼女には、一歩も二歩も及ばない。

リムもそれを理解しているのだろう。早々に切り札を切る。

双紋剣の柄と柄を合わせた。二本の小剣は白く輝き、双紋剣が双頭剣となる。サーシャは戸惑《とまど》わず恐れず、そのままリムに斬撃を見舞う。

――もしサーシャに意識があれば。

ティグルはそのとき考えた。

――賢明な彼女のことだ。新しい武器となったそれを警戒し、様子を見ただろう。あるいはその形状から能力を考察し、またたく間に対処してみせただろう。

しかし今、サーシャは理性と知性を奪われていた。パーシバルのときと同じだ。ティグルとリムは、この状態の赤黒い武器の使い手との戦いが初めてではなかった。

その差が明暗を分けることとなる。

リムは双頭剣の青い側で稲妻のような刺突を放つ。サーシャは本能に従って身をひねり、その一撃をかわそうとするも、脇腹を皮一枚、切り裂かれる。鮮血が宙を舞う。

サーシャの斬撃がリムを襲う。リムは素早く双頭剣を返し、赤い刃から結界を展開してこれを弾いた。さらにリムは双頭剣を回転させ、青い刃でサーシャの胴体を切り裂こうとする。サーシャはこれを、飛び退ってかわす。

完璧な双頭剣の使い方だった。リムが過去の光景からよく学び、アルトリウスによるこの武器の使い方を理解していた証である。だがサーシャは、最初の一撃こそ薄皮一枚、対応に遅れたものの、その後はギリギリのところで対処してみせた。適応能力が尋常ではない。これで、すでに正気を失っているというのだから恐れ入る。

時間をかければいっそう対応されてしまうだろう。リムは果敢に打ちかかる。サーシャは防戦一方となった。

その息詰まる攻防を観察していたティグルは、ふと気づく。

パーシバルと同様に理性を失っているはずのサーシャが、ティグルに向けて一瞬、ちらりと視線をよこしたのだ。

──まさか。

電撃のようなひらめきがティグルに舞い降りる。思い出すのはガラハッドがモードレッドとの戦いの中で、モードレッドに逆らうことができないにも拘わらず、精一杯あがいてみせたあのときの行動だ。

誓約。サーシャの後ろで待機している少年の言葉だ。

モードレッドはガラハッドに対して「俺に流れる血に歯向かえぬ」と言っていた。あれこそが誓約ではないのか。ティグルにはまだ確かなところが判断つかない。だが、もしもガラハッドと同様、サーシャが誓約の範囲内で状況を利用しようとするのなら……。

そもそも、あの少年、いや少年に見える存在は何なのか。

すでに手がかりは充分に得ているはずだった。

猫の王のこれまでの言動と、彼の今の態度。ガラハッドの数々の言葉。過去の光景の中でアルトリウスや円卓の騎士たちが語ったもろもろの情報。

全てをつなぎ合わせれば、答えはひとつであった。

「悪しき精霊《アンシーリーコート》マーリン！」

ティグルは、叫ぶ。緑の髪の少年がティグルの方を向いた。その藍色の双眸《そうぼう》が憎しみに染まっている。そう、この人物こそが善き精霊モルガンと対になる存在、悪しき精霊と呼ばれし赤黒い武器を生み出した、伝説上の存在、その名もマーリンに他ならない。ティグルは自信満々に見えるようせいぜい気勢をあげて、言葉を続ける。

「あなたはなぜ、このような遊びを続けるのだ！」

「楽しいからさ」

返事は、簡潔だった。少年に見える存在は、邪悪な笑みを浮かべる。このわずかな間にも、リムはサーシャに押され始めていた。早急に対応されてきている。仮にサーシャが誓約に抗おうとしているとしても、おそらく今、彼女の身体は彼女の意志に反して動いているのだ。

サーシャがマーリンに対して反抗の意志を示せると気づかれた時点で終わりである。今の対話だけでもわかるほど、この愉悦でもって行動している存在は、きっとサーシャに対して致命的な命令を下すだろう。

ティグルにとって本来、サーシャは敵である。だからといって、こんな強制的に従わされた彼女と戦うことには何の意味も見いだせなかった。

きっとリムも同じ気持ちであろう。いや、彼女は生前のサーシャを知っているのだ。想いはなおさらに違いない。サーシャの攻撃に押され始めたリムは、歯を食いしばってその場に踏みとどまっている。

サーシャの刺突がリムの頬や肩を皮一枚、削る。血しぶきが舞う。

銀鎧の剣士との戦いに続いてストリゴイとの決戦もあった。すでにお互い、体力の限界のはずだ。それでも、ふたりの動きは微塵も衰えない。最後の力を、その一滴までも振り絞って戦い続けている。

「サーシャたちを蘇らせたのも、あなたが楽しむためなのか！」

「彼女たちは、自らの意志で僕と契約したのだ」

「言葉巧みに唆《そそのか》したのだろう！」

「僕は何ひとつ、嘘はつかなかった。お互い、誠実に契約を履行すれば何の問題もないはずだ。なのに彼女は、君たちを見逃そうとした。あまり僕を侮るなよ。ガラハッドの時は見逃したが、二度目はない」

「なぜ、俺たちを狙わせる？　そんなに……」

これは危機であると同時に好機でもある。悪しき精霊とおぼしき存在から、少しでも多くの反応を引き出すのだ。絶望的に情報が足りない現在、この少年に擬態した存在から得る言葉のひとつひとつが千の黄金に値する。

「そんなに、この弓が邪魔か？」

悪しき精霊マーリンとおぼしき存在は、つかの間、ぽかんと口を開けた。一拍ほど置いて、笑いだす。酷く馬鹿にした笑いだった。ティグルは受け答えに失敗したのだと気づく。見当違いのことを口走ってしまったようだ。

「ティグルヴルムド＝ヴォルン。君がここで死ぬ理由は、無知なくせに出しゃばりな小僧に僕が飽きたからさ」

少年に見える存在が、右手を持ち上げる。直接、手を下そうというのか。

ただ殺されるわけにはいかない。ティグルは弓弦に矢をつがえた。緑の髪の指輪から力を引き出す。善き精霊モルガンに強い祈りを捧げた。相手が右手の人差し指をティグルに向けるのとほぼ同時に、矢を放つ。

悪しき精霊とおぼしき存在の指先から、稲妻がほとばしった。その煌めきの先端は、ティグルの射た矢に吸い込まれる。両者の中央で激しい爆発が起こった。爆風により、傍で戦っていたリムとサーシャが体勢を崩す。

先に体勢を立て直したのは、リムだった。あらかじめティグルと、少年に擬態した存在との攻防を予期していたのだろう、彼女は双頭剣の赤い刃を背中にまわし、そこに結界を発生させていたのである。結界で爆風を受け止めた彼女は、サーシャに向かって電撃のように踏み込んでいく。

サーシャも、普段であれば爆発を予期できていただろう。だが今の彼女には、そこまで考えて動けるほどの理性がない。正面から爆風を受けて後退し、忌々しげに顔のまわりの煙を払う。一瞬だがリムの姿を見失っていた。

リムにとっては千載一遇《せんざいいちぐう》の好機であった。数歩の距離から青い刃を振り、青白い衝撃波を放つ。三百年前の、アルトリウス対ランスロットの戦いで見た双頭剣の使い方だ。そのうちのひとつを、この段階まで温存してみせた。この技の初見の一撃で倒すと決めて、相手が対応できない機会をずっと信じて耐えてきたのである。

忍従の時は過ぎた。策は実った。サーシャは煙の中から飛び出してきた青白い衝撃波を、それでも尋常ではない反応で紙一重、かわしてみせる。薄皮一枚、切り裂かれただけでかろうじて踏みとどまる。

それが、彼女の限界だった。体勢を崩したサーシャは、続いて突進してきたリムの刺突を今度こそ避けきれない。それでも身をひねり、左の肩で青い刃を受ける。派手に血しぶきが舞う。サーシャは苦悶の声をあげた。

その彼女が、唇を動かす。

——よし。

ティグルは彼女たちから視線を外し、悪しき精霊とおぼしき存在を睨んだ。矢筒から三本、まとめて矢を引き抜き、そのうち二本を弓につがえる。緑の髪の指輪が淡く輝く。

「小癪《こしやく》な。なおも姉さんの力を借りるか！」

一本目の矢を放つ。善き精霊モルガンを姉と呼んだ存在は、右手の人差し指からふたたび稲妻を放ち、その矢を迎撃した。鏃が爆発を起こす。ティグルは二本目の矢を放った。これもほぼ同時に迎撃される。また、矢が爆発する。

「何度やっても無駄なことだ。所詮、人の身。姉さんが己に課した誓約によってこの地に介入できぬ今、僕が恐れるべきものなど何も……」

「その慢心《まんしん》が、あなたを滅ぼすのだ」

サーシャの声。少年の姿をした悪しき精霊の言葉が途切れる。サーシャの双剣が、二本ともその胴体に根本まで埋まっていた。

傷口からはわずかたりとも血が出ないが、苦悶の表情を浮かべ、身もだえする。

「なぜ……だ？　どうやって、誓約から逃れた？」

「君が僕から目を離すよう、ティグルが挑発していたとも気づかぬから、愚かと言われる」

爆発の土煙に紛れて悪しき精霊の傍に近寄っていたサーシャが、淡々と告げた。

「最初に、リムの剣がかすったとき、僕に課せられた拘束がわずかに緩んだ。そのことに、リムもティグルもすぐ気づいたみたいだ。ふたりが望むなら、僕はこのまま殺されてもよかった。でも、ふたりは共同して、僕を助けようとした。お節介なことだ。もう、同盟は解消したというのに。でも、まあ。だったら、もう一撃、リムの攻撃を受けて、僕に課せられた拘束がほとんど解除された今、君に反撃のひとつもしたくなるというものだろう？」

「ニムエ、奴の仕込みか」

それが、悪しき精霊とおぼしき存在の最後の言葉だった。その身が煙のように消える。あとには何も残らなかった。

「マーリン、あなたの悪趣味につきあうのは、これまでだ」

サーシャはそう宣言して、目をつぶる。

†

マーリンと呼ばれた存在が、跡形もなく消えた後。

サーシャの身体が、ふらりと揺れた。倒れかける。リムが慌てて彼女に駆け寄ろうとして、立ち止まった。

いつの間にか、サーシャの傍に若い男が立っていて、ぐったりした彼女を支えていたからである。

金髪碧眼の小柄で華奢な青年であった。特徴的なのは隻腕であるということだ。右腕の肘から先がない。豪奢な絹の服に身を包んでいた。髪や眼の色は違うが、その表情にはどこか、ギネヴィア王女の面影がある。

ティグルとリムは、その男の顔を見て、あっと声をあげた。

「アルトリウス」

ティグルは思わず、そう呟いていた。そう、三百年前の光景で見た、かの始祖王、そのままの姿がそこにあったのである。

アルトリウスは意識を失ったサーシャを愛おしく眺めた後、彼女を左腕だけで抱え、ティグルたちの方を向いた。

「話は聞いている。魔物を相手にしたのだな」

外見に似合わずしわがれていて落ち着いた、よく通る声だった。ティグルとリムが思わず身をかたくしてしまうほど、それは力のこもった言葉だった。

「そこの先の丘で、朋友《ほうゆう》の剣と鎧が打ち捨てられていた」

円卓の騎士ランスロットの剣と鎧のことか。

「あれをやったのは、君たちか」

「ああ、俺とリムで倒した。顔はわからなかったが、円卓の騎士ランスロットだったのだと思う。凄腕の剣士だった」

アルトリウスは「そうか」と呟き、しばし目をつぶった。祈りを捧げているように見えた。

隙だらけだ。いつでもその身に剣を、矢を突き立てられるような気がした。なのにティグルはどうしてか、自分の放つ矢を当てられる気がまったくしなかった。

小柄な青年がまぶたを持ち上げ、ゆっくりと首肯《しゅこう》する。

「ひとりで大陸に向かったあやつが、凶手に搦めとられたことを風の噂で知った。以来、あやつを長い拘束から解放してやるのが、わしの悲願であった。願わくばわしの手で、あるいはボールスかガラハッドかが、と思っていたが……。喜ばしいことである。その迷える魂も救われたであろう」

その蒼い瞳が、ティグルを射貫く。

「褒めて遣わす」

そう言われた瞬間、ティグルはぶるりと震えた。喜びの感情がとめどもなく湧き起こる。肉体が歓喜に打ち震えている。この男に頭を下げたくて仕方がなくなる。これが、始祖と呼ばれた存在の持ちうる王の威か。これが、あの円卓の騎士たちを従える魅力か。

ティグルは渾身の力でその威を払うべく、首を横に振った。荒い息を継ぎ、改めてアルトリウスを睨む。せいぜい威勢のいいところを見せつけておかなければ心がくじけてしまいそうだった。己の肉体が意志に反して歓喜していることに、底なしの恐怖を覚えてしまう。だから、ことさらに相手を睨み据え、心を強く持とうとした。

そんなティグルを見つめ、アルトリウスが微笑んだ。

「許す。強くあれ」

何様のつもりだ、と強い怒りが湧いた。黒弓に矢をつがえ、弓弦を引く。アルトリウスは、抵抗の意思も見せず立ち尽くしていた。

緑の髪の指輪が輝く。善き精霊の後押しを受け、ティグルは矢を放った。光輝を帯びて飛んだ矢はアルトリウスの胸もとに正確に突き刺さり……。

何の抵抗もなく、すり抜けた。

ティグルは目を見開いて、信じられない思いでその光景を凝視した。

矢は遠くひとつ向こうの丘まで到達し、巨大な爆発を起こす。丘の頂上が消滅した。しばし遅れて爆風がティグルたちのもとへ届いた。

――ガラハッドの記憶の中で、そして神殿で見た三百年前の光景と同じだ。あのときも円卓の騎士たちや大猪の攻撃がこうしてすり抜けた。

「何度やっても、同じだ。今代《こんだい》の弓よ、お主の矢は、虚《うつ》ろを射ず。焉《いず》くんぞ、わしに到達しようか」

「虚ろ……」

次にアルトリウスは、リムの方を向いた。その手の双剣を見つめ、ゆっくりとうなずく。

「報告を聞いた時は、もしやと思ったが、女、お主が今代の使い手か」

「湖の精霊と名乗る存在に頂いたものです」

リムが返事をした。言葉にした後、自分で驚いているようだ。己の意志に反して口にしてしまったのだろう。それはアルトリウスの放つ王の覇気のごときものによるものなのか、それとも何らかの別の力が働いたのか……。

アルトリウスは、うん、とうなずいてみせた。

「あれにも嫌われたものだ。己の為《な》したこととはいえ、慙愧《ざんき》の念に堪《た》えぬ」

青年は胸を張った。一瞬、その身がひとまわりもふたまわりも大きくなったかのような錯覚を覚えた。

「勇者たちよ、聞け。褒美として、我が生涯の友の鎧と剣を授ける。あやつも喜ぶであろう。それを持ち、この地を早々に立ち去るがよい」

強い風が吹いた。黒い影が落ち、地面が大きく揺れる。

飛竜だった。月の光を浴びて銀色に輝く鱗の色は、きっと本来であれば赤いのだろう。巨大な飛竜がアルトリウスの傍に舞い降りたのだ。

リムが身構える。アルトリウスは足もとに落ちたサーシャの二本の武器に視線を落とした。赤黒い武器は風に吹かれた木の葉のように舞い上がり、意識がないサーシャの腰のベルトに収まった。

「マーリンは手傷を負ったが、あの程度で死んではいまい。我らと雌雄を決する前に、あのような不埒な者に殺されてくれるなよ、今代の弓」

アルトリウスの言葉に、ティグルは衝撃を受けた。

――サーシャの一撃で消えたあの精霊が、死んでいない？

そうかもしれない。精霊を人の感覚で捉えてはならないのだろう。だが、この男はなぜ、それをティグルたちに伝えるのか。そもそもマーリンとは何なのか。善き精霊モルガンの弟らしいが、果たして……。

「また会おう」

アルトリウスはサーシャを抱えたまま身の丈の数倍の高さを跳躍し、飛竜の背にまたがった。飛竜は大きく咆哮し、翼を何度もはためかせる。暴風が吹き荒れた。ティグルは手で顔をかばう。ひときわ強い風が吹き抜けた。

飛竜が空に舞い上がる。

頭上を大きく旋回した後、南東の空に消えていった。その先には王都コルチェスターがあるはずだ。

「あれが、始祖アルトリウス。あれが、王」

リムが呆然と呟く。

「格が違う」

エピローグ

空に星が瞬く中、ティグルたち五人と一匹は銀鎧と銀剣を回収すると、重い足取りで戦場を離れた。アルトリウスがああ言った以上、すぐに襲ってくるとは思わないが、ここが敵地であることには違いがない。サーシャと別れた今、彼女の部下がティグルたちを発見し、どう判断するかはわからなかった。

猫の王は若者たちのひとりに抱えられ、丸くなって寝息を立てている。よほど疲れたのか、あるいはよほど怯えているのか、マーリンが倒されてからもずっと、子猫は小刻みに震えていた。

「そういえば、ティグル様。俺たちの知っている神殿跡、このすぐ近くにあります。寄っていきますか？」

イオルが立ち止まり、訊ねてきた。そういえば、古の神々の神殿を探し、過去の光景を見ることで双紋剣《カルンウエナン》の使い方やアルトリウスに対処する方法を発見することこそ、ティグルたちがこの地に赴いた本来の目的であった。

サーシャと同行している間は、そんなことを口にすることすらできなかったため、イオルとしてもこの機会で話すしかなかったのだろう。

「行ってみよう。少しでも情報が欲しい」

ティグルとリムはうなずきあった。先ほど遭遇したアルトリウス。赤い竜を駆り、ティグルの黒弓の一撃がその身をすり抜けてしまうようなあの存在に、はたして弱点などあるのかと思ってしまう。

だからといって諦めるわけにはいかなかった。アルトリウスが本当にどんな相手に対しても無敵であるなら、ランスロットを相手に手傷を負う必要もなかったはずだ。少なくとも、弱点を見つけられる可能性がある以上、過去を調べることを止めてはならない。

深夜、ティグルたちは疲れた身体を引きずって、神殿跡にたどり着いた。丘の中腹、林に囲まれ目立たない場所に存在したそれは、瓦礫《がれき》に埋もれ蔦と苔に覆われた廃墟であった。

「行きましょう、ティグル」

リムが差し出してきた手を握る。

ティグルとリムは、ふたりきりで神殿跡に足を踏み入れた。

†

打楽器と管楽器の音がする。祝福の歌が聞こえてくる。

快晴だった。天までが彼らの婚姻を喜んでいるかのようだった。

アルトリウスは、花嫁衣裳の妻、ギネヴィアを見下ろした。花の冠をかぶった少女ははにかんだ笑みを浮かべてアルトリウスを見つめ返してくれる。手を繋ぎ、神々の祭壇への道に敷き詰められた花の上を歩く。ふたりが花を踏むと、その場所から蔓が立ち上り葉が生まれ、無数の果実をつけた。ふたりが歩むたび、その行程が果樹園のように豊かな実りをつけていく。人々が驚愕に目を見開き、次いで歓声をあげた。

ギネヴィアが左右の空を見上げ、手を振っていた。見守る騎士や観衆ではない、その頭上である。そこで踊っている者たちが、彼女には見えているのだろう。彼らが届ける祝福の豊穣《ほうじょう》にお礼を言っているのだ。

今や、この国においてギネヴィアは豊穣の象徴だった。彼女とアルトリウスが結ばれることを、何よりも民が喜んでいた。わが王のもと、国は永遠に栄えるだろう。そんな声が方々で聞こえた。

ならば、とアルトリウスは思う。心ならずも担ぎ上げられたこの身であるが、いつしか己そのものとなっていた国造り。それの完遂こそ、己の生涯を懸けた使命としよう。

ギネヴィアと共に祭壇で跪き、神々にそう誓った。

「アスヴァールに幸あれ。この偉大なる島に救いあれ」

神官たちが古代の言葉で祝詞を紡ぐ。この日、アスヴァール島で最大の国、アスヴァール王国が生まれた。敵対する国は未だ多いが、いずれ彼らもアルトリウスに頭を垂れることになるだろう。

式典の後、アルトリウスとギネヴィアはふたりきりで神殿の奥の林にある聖泉に向かった。そこに待つ神官たちと共に、儀式の最後、神々に子宝を祈願する祈りを行うのだ。林を切り開いてつくられた石畳の道の途上で、ふたりは歩みを止めた。この先から血の臭いが漂ってきたからである。アルトリウスは反射的にギネヴィアをかばった。

「君はここで待っていて欲しい」

「いいえ、いいえ。我らはもはや夫婦です。共に参りましょう」

ギネヴィアの左手の小指にはまった緑の髪の指輪が淡く輝いた。ならば、とアルトリウスは彼女に一本の小杖《ワンド》を渡す。

「花の乙女の杖《ヴロダヴィズ》だ。君にわしの背を任せよう」

「必ずや、お守りいたします」

ギネヴィアは小杖を握った。その先端が淡く輝き、ぼんやりとした光の皮膜がふたりの前方に展開される。突如として飛来した数本の矢がその皮膜に弾かれ、地面に落ちた。

「我慢のきかぬ襲撃者だ」

アルトリウスは双紋剣を抜き、その柄を合わせて双頭剣にすると、青い刃を前にして振るう。三日月に展開した衝撃波が周囲の木々を断ち切り、その裏に隠れていた男たちの胴体を両断する。あちこちから悲鳴があがった。

数名の男たちが左右の茂みから飛び出してくる。ギネヴィアは緑の髪の指輪を輝かせた。アルトリウスとギネヴィアのふたりを包む結界が展開された後、それが急速に広がる。襲撃者たちは結界によって吹き飛ばされ、木々にその身をひどく打ちつけ、呻き声をあげた。

「よい使い方だ。杖と対話することで、君は更なる力を引き出せるだろう」

アルトリウスの助言に従って、ギネヴィアは目をつぶった。杖の先端が赤く輝く。ギネヴィアはまぶたを持ち上げ、なおも突進してくる襲撃者のひとりに対して杖を向けた。杖の先端から赤い光が飛び出し、襲撃者の胸を貫く。襲撃者の全身を凄まじい炎が包みこんだ。

襲撃者は苦悶の声をあげ、地面に転がって激しく身をよじる。濡れた下生えに火がつくも、すぐ鎮火した。アスヴァール島の草木はよく水を含んでいる。

襲撃者を包む火が消えたとき、その全身は無残に焼けただれ、こと切れていた。

ギネヴィアは、青い顔でその様子を見つめている。人を殺したことに怯えているようだが、己の為したことから目を逸《そ》らす気はないとばかりに死体を睨みつけていた。

他の襲撃者は、その間に逃げ散っていた。彼らの始末は、林の外にいる騎士たちがするだろう。だが、まだ全てが終わったわけではない。

「泉へ向かう」

アルトリウスはギネヴィアの手を引き、先へ進む。

静謐《せいひつ》と清浄を旨とする神殿の傍の泉は、血で赤く汚されていた。周囲には、無残に殺された神官たちの死体が横たわっている。アルトリウスは強い怒りを覚えた。

周囲を見渡すが、動く者の姿はない。

「ついてきてくれ」

アルトリウスはギネヴィアの手を引き、泉のほとりまで足を運んだ。

泉の水がブーツに触れる直前、水中から突き出された剣がアルトリウスを襲う。暗殺者の刃は、アルトリウスの胸もとに届いた。深く突き刺さる。

だがアルトリウスは平然としていた。濁った泉の中に隠れていた暗殺者は、アルトリウスに剣を突き立てたまま、愕然としている。

「貴様、化け物か！　なぜ死なぬ！」

「わしの持ちうる可能性のひとつは死んだ。しかし貴様は、わしの全てのありうる可能性を殺さねばならなかったのだ」

アルトリウスは右腕で暗殺者の剣を握る腕を掴むと、胸に刺さった剣を引き抜いた。剣にはべったりと血がついていたが、アルトリウスの身を包む服には刺し痕ひとつ残っていない。その身体は血の一滴も流れていない。

「怪物め！　貴様は何度、心臓を刺せば死ぬ？　何度、頭を砕けば死ぬ？　何度、首を刎ねれば死ぬ？」

暗殺者は怯えた声をあげた。身をすくめる。アルトリウスは右腕を横に振って暗殺者を吹き飛ばした。暗殺者は近くの木に背を叩きつけられ、潰れたカエルのような声をあげて倒れ伏し、そのまま動かなくなる。

複数の足音が聞こえてきた。アルトリウスとギネヴィアが振り返ると、騎士たちが青い顔で駆け寄ってくるところだった。

「ご無事ですか、王よ」

「そこの刺客はまだ息がある。どこの手の者か、必ずや口を割らせるのだ」

アルトリウスは、もう一度、泉の周囲に広がる惨劇を見渡した。神官たちはひとり残らず、首を裂かれて殺されている。惨いことだった。このような外道を命じた輩は、必ずや見つけ出し、その報いを与えねばならぬ。さもなくば、せっかくこの国をつくった意味がなくなってしまう。人の世に通した道理が、また通らなくなってしまう。

アルトリウスは泉に背を向け、ギネヴィアを連れて、もときた道を歩き出す。

「戦の準備だ。ギネヴィア、またお前を寂しくさせる」

ギネヴィアは無言で、アルトリウスの握る手に力を込めてきた。

†

ティグルとリムの意識は神殿跡に戻った。顔を見合わせる。

「全てのありうる可能性を殺す、ですか」

過去の光景の中でアルトリウスが告げた、彼を殺すための条件。それが口からでまかせなのか、それとも真実なのかはわからない。事実として、暗殺者の刃はアルトリウスに傷ひとつつけられなかった。しかしその剣は血に染まっていた。

「俺の矢はアルトリウスの身体をすり抜けたように見えた。だがあれは、可能性のひとつを貫いていたのか？」

飛び道具ではわからなかったことと、剣であればはっきり見えた違和感。もしアルトリウスを攻略する糸口があるとするなら、ここであろう。

だが、可能性を殺す、とはいったい何だ？　言葉の通りなのか、比喩なのか、それとも……。

「もうひとつ、ギネヴィア殿下の……あれは現在の殿下の持つ、小杖《ワンド》です」

「花の乙女の杖、だったか」

アルトリウスが過去のギネヴィアに渡した小杖は、確かに現在のギネヴィアが持つ神器であった。現在のギネヴィアが用いる以上の用途を、過去のギネヴィアは示してくれた。もっとも、あれはティグルの左手の指にもはまっている緑の髪の指輪がその力の一端を引き出したようにも思える。同じことを現在のギネヴィアが可能かどうかは、まだわからなかった。

「アルトリウスの能力について、その手がかりを得られただけでも一歩前進と考えましょう」

「ほんの一歩、だけどな」

だがこの神殿跡に来なければ、その一歩すら歩めなかった。目標は限りなく遠くにあるが、この一歩は大きな前進だと思いたいところである。

「できることを、ひとつひとつこなしていくしかない」

この地でやれることは、全て終えた。

情報を持ち帰って、ギネヴィアやリネットたちと精査せねばならない。彼女たちと充分に検討することで、新たな道が開けるかもしれない。悲観するのはまだ早かった。ギネヴィアの小杖《ワンド》を調べることも重要だ。

「やるべきことは、山積みですね」

リムの言葉に、ティグルはうなずいた。

だが、やってみせねばならない。

†

ぬばたまの闇の中、その存在はゆっくりと起き上がった。

「弓！」

狼のように毛で覆われた腕を天井に伸ばし、叫ぶ。ひどくしわがれた声だった。ストリゴイである。サーシャによって仕留められた身体の情報が一度に流入し、全身が痙攣《けいれん》を起こす。

「弓！　弓！　弓！　おお、何ということか！　まさかこのアスヴァールの地に、あれがいるとは！」

ストリゴイは激しく頭を振った。荒い息を継ぐ。

「予備の傀体は全て失った。だが、その成果はあったぞ。精霊どもの謀《はかりごと》もろとも今代《こんだい》の弓を始末してしまえば、もはや我らが恐れるものはなくなる」

ぶつぶつ呟く。その赤い双眸《そうぼう》が、闇の中で禍々しい輝きを放った。

「つけ入る隙は、まだ充分にある。アルトリウスとて、所詮は半精霊のまがいものだ。上手く踊らせてやろうではないか」

ストリゴイが哄笑《こうしょう》した。密閉され、誰も存在を知らぬその空間で、毛むくじゃらのその異形は嗤い続けた。

あとがき

瀬尾《せお》つかさと申します。魔弾の王と聖泉の双紋剣《カルンウェナン》、三巻をお届けいたします。

今回は主戦場から離れ、ティグルとリムの冒険譚、サーシャとの共闘、そして魔弾シリーズの主敵である魔物との戦いがメインとなります。

ストーリーとしても転換点となります。

お楽しみいただければ幸いです。


今回、登場した魔物は、川口士《かわぐちつかさ》がアイデアをまとめていた魔物ノートから「強い手下を持っているヤツ」という条件で選んだものです。

なにせティグルとサーシャが共闘している以上、生半可な相手じゃ瞬殺ですからね……。相応に厄介な敵を用意するのもたいへんです。今回の魔物は、発見が遅れれば地域まるごと死滅する程度には厄介なんじゃないかと思います。


ところで、この本の帯や先月刊行の『魔弾の王と凍漣の雪姫6』でも告知されていますが、ありがたいことに本作もコミカライズが決定しました！

作画を担当していただくのは漫画家のｂｏｍｉ《ボミ》さんです。

ｂｏｍｉさんは私が余暇に遊んでいるソシャゲのひとつで、キャラクターデザインとイラストも担当されているかたなので最初に聞いたときはちょっと驚きました。

コミカライズは年内開始の予定ということで、本作の四巻が発売されるときには連載開始の告知ができそうだなと楽しみにしています。

最後にお礼を。イラストレーターの八坂《やさか》ミナトさん。表紙のリムとサーシャにカラーでのちょっとエッチなリム、本当にありがとうございます。コミカライズまで辿り着けたのは八坂さんのイラストのおかげだと思っています。次巻もよろしくお願いします。

よろしければ、ブログ遊びに来てください。

ＵＲＬは http://blog.livedoor.jp/heylyalai/ となります。

ティグルとリュドミラの
新たなる物語待望のコミック版発売
presented by
kakao
2020年9月発売予定
『魔弾の王と凍漣の雪姫―序章』

ダッシュエックス文庫

魔弾の王と聖泉の双紋剣《カルンウェナン》3

瀬尾つかさ　原案／川口 士

2020年8月30日　第1刷発行

★定価はカバーに表示してあります

発行者　北畠輝幸
発行所　株式会社　集英社
〒101−8050　東京都千代田区一ツ橋2−5−10
03(3230)6229(編集)
03(3230)6393(販売／書店専用)　03(3230)6080(読者係)
印刷所　図書印刷株式会社

ISBN978-4-08-631378-0 C0193